佳君老師賜政

徐國能

2024.春.師大

斜槓中年

目次

如果你懷念童年的棒球手套（代序）

徐國能

一切都已經具備，總覺得還少了一樣東西，左顧右盼，卻始終想不起究竟是什麼？

黃昏將車停回那露天的停車場，黃雲在藍天舒捲，碧樹搖曳西風，廣播正唱的當年的老歌Yesterday Once More，美麗的昨日讓今天顯得悲傷嗎？車子早該熄火，但我想聽完歌曲，甚至獨坐到黑夜降臨，此刻無人打擾，專屬自我，可惜手機響起。

穿著短褲推著購物車在超市晃來晃去，微冷，沒有什麼東西能放到籃子裡，架上的貨品嶄新實用，可惜我什麼都不缺，每一樣貨物都讓我想起童年，那時我們久久才去一次寶慶路的遠東百貨，只逛超市，買一罐鐵盒裝的阿羅利奶油，一盒調配好的蛋糕粉，有一次破例買了美吾髮黑娜洗髮精，我有時偷用一點，至今記得淡淡的蘋果香。走過罐頭區想起了風雨搖動屋頂和門窗，停水停電的兒時颱風假；走過麵條區，想起了第一次吃到媽媽試做番茄口味通心粉的滋味；走過酒窖，想起了晚餐要飲一盅高粱解憂的父親有一次檢查出了脂肪肝，為我的童年又蒙上一層奇特的陰影。穿行貨架，就像葉慈寫的〈在學童當中〉那樣，意象勾起回憶，回憶產生冥思，冥思帶來感懷，「辛勞本身也就是開花和舞蹈，我們怎能區分舞蹈或跳舞的人？」走完所有的貨架，似乎經歷了一切，仍然一無所有，我是跳舞的人，還是舞蹈本身？

凡此種種，好像提醒了自己歲月忽已晚，從戲稱大叔到認真面對體檢報告，不過彈指間事。昨日嚮往猶在，卻多了一點自知之明，中年常是一種心病，愈來愈懂，也愈來愈不懂，那些無關又有關的人與事，稍一思量，都是曾經在樹梢綠過的落葉，輕輕踩過，是一陣細碎的怨懟。

剛開始寫作時，心中老是想著永恆，似乎要尋找一個可以超越現實表象的真理或概念，否則不足以成篇。隨著時間拉長，寫作反而成了日常的紀錄，比較下功夫潤飾的日記、週記或月記，文字浮游，情緒朝夕變化，拼湊起來的生命寶塔，拆碎下來其實不成片段。生活餘韻，當下漠然無動於衷，輕輕揭過，但總是在未來的某一瞬間點亮心燈，照明周遭咫尺之境。

能確信的是枯澀而疲倦的日常只要靜思，也能發現鹽礫下乾涸的河床尚有清流隱隱，來自遠方，歸向遠方，此刻尚能汲取一二。我想放棄宏偉的磅礴之思，改用針尖挑水，年年歲歲匯集成一杯冰露，飲下時感覺日子裡每一件小事，都蘊含滋味——都屬於某種考驗、試探或啟發，逼使人往另一個維度寸進少許。也許中年人的世界就是這樣，善於深思而怯於行動，有所不滿卻無意改變，在眾人吹捧中想逃遁到一個清涼世界，但又害怕太過寂寥；帶著微笑走向人群世俗，又不覺哪裡可以容身。

中年人生，好像窗外的暮色，無法挽留的美。樓下小兒溜滑板車笑語喧譁，不遠處是資源回收敲打鐵罐的回音，似乎沒有人在乎這瞬息的天色，不去注意或感懷逐漸濁重的暗黑。踽踽獨行，不知目的何方，透過網路，知道朋友們都好，即便有些早逝使人心驚，但世界安全運轉，幸福尚在人間，即使我已經明白，那幸福脆弱得像是黎明前的夢，或十四歲時的愛情。

獨自在暮色中慢跑，每一步都使人心安，腳踏實地感覺呼吸心跳，是與自我對話最好的方式。一面跑著，一面也想大地一日將承載多少腳步，然誰又記得走過的土地。每天寫一點什麼，四季在字句間奔流而逝，只是我很少想起過去寫過的作品。有些出版商忽然來信要求我授權一段文字作為參考書或測驗卷的題目，反覆細讀合約書上附錄的字句，幾乎不敢相信那是自己所寫，繾綣的詞藻，讓我轟然憶起好多流逝的時光，那些遙遠的從前從前。

文學最終救贖的還是書寫者本身，在人世歷經了那麼多善惡，回讀自己所歌所賦，或許昨天那個稍微純真一點的我，便是生命詩意的來源。

重讀多次的《麥田捕手》，故事開始於已被退學的高中男生霍頓幫室友寫作文，他堅持寫下他已去世的兄弟的棒球手套，說弟弟用綠色的墨水在手套中寫滿詩句，沒有球飛過來時，就讀讀那些詩。過去，我以為那是描述他對親情的眷戀，現在我慢慢才覺得，也許作者要塑造的是始終在詩意裡孤獨的靈魂，只能在緬懷中，排遣被世界遺棄的寂寞吧。

我現在也許因為孤獨，也常常被很多東西無端感動，並不知道原因是什麼。文字似乎為我保存了一閃即逝的意念，讓我在日後能追憶那些惘然時刻。這本散文集就是小小的匯流。有時我不免痛苦於人類的浮華世界，無甚欠缺，仍多遺憾。

如果你在某些時刻，也像我一樣懷念童年的棒球手套，或是滾到沙發下的毛線球，那麼，我們或該相信雖然徒勞於塵寰，但上帝還是給我們零碎的生命一些言近旨遠的安慰。

究竟值不值得？

斜槓中年是夕陽中的慢跑，每一步都在這麼猶豫而思量。

輯一　物質主義者的春天

遙遠的摩托車之旅

我對摩托車有莫名的好感，但僅限於需要換檔的Motorcycle，那種自動排檔，用塑膠殼把引擎包起來的速克達，頂多能稱為機車，我不承認它們能叫「摩托車」。

現在機車當道，但我覺得無論怎麼設計，只要牽來一輛手動排檔摩托車，那黑森森的外露引擎、狂野的大輪胎、空檔時催油的低聲怒吼，大野狼和小綿羊判若雲泥。我認為不管是男子漢還是美少女，無論在濱海公路或是繁華市街，跨上檔車「唔——」一聲揚長而去，那是最美的一首詩，尤其是轉彎時傾斜角度和悠揚曲線，像指揮貝多芬交響曲一樣，有一種說不出的深長韻味。

我在少年十五二十時也擁有一輛RZX，YAMAHA做的。

其實剛上大學時，我本來背著父母偷買了一輛50CC的兜風小車，買來時已經不知是第幾手了，才幾千塊。但它經常熄火，無法發動，最快時速僅得50，再催一點油就會「縮鋼」，打工存錢以後就與它痛烈分手。朋友引薦下，在交流道旁邊的二手車行賣了這臺貨真價實的摩托車。那時根本不知道離合器、國際檔這些東西要怎麼使用，像流氓一樣的老闆收完錢教我一次就不理我了，就憑著年輕人的輕狂，一路騎回家，中間熄火幾百回，但也終於摸清它的個性，可以自由上路。

這臺車真的會跑，打到六檔隨便可以騎到八九十公里，在中港路往臺中港方向也騎到破百過。怎麼說呢，騎在這種車上，雙腿夾著油箱，迅速換檔提升速度，感覺自己像一道光切開夜風的缺口，奔向一個叫自由的前方，那種「人車一體」的動感，只有親身經驗才能明白。摩托車既像我的翅膀，又像密友，所有的檔車都有它自己的個性，是通靈的機器獸，如何駕馭只有主人清楚，我和它之間有一種難以言喻的默契，甚至感情，騎著它四處漫遊，即使一個人，也不覺得孤單。

那時在中部，從臺中騎去日月潭和清境農場，也到過彰化鹿港或苗栗一帶，說走就走，天真無畏。在沒有手機和GPS的時代，還要隨身攜帶地圖，那些陌生的鄉鎮、純樸的街道、寂靜的老人或刺鼻的綠色溪水，至今彷彿就在昨日所見。我從小生長在臺北，從來沒有接近過真正的臺灣，我和我的機器獸，第一次漫遊在這些不可思議的鄉鎮裡，只能說百感交集。

多年後看了那部偉大的電影，《革命前夕的摩托車日記》，格拉瓦切也不過二十三歲，和彼時的我年紀相當，也許騎著摩托車漫無目的地漫遊、沉思，是那個年紀的男生都會做的事吧？只是我沒有革命的激情，只有詩意的感傷。

畢業前，我將機器獸交託給常跑遠處打工的學弟，看他練習時頻頻熄火重新啟動也不覺失笑。而我不知他們將一起去漫遊何處，我碩士畢業要和女友一起回到臺北，共同開始一種新的都市生活。

而今我已經好多年沒有騎摩托車了，重機開放進口，很多人說那才是真正的車。我已經習慣四輪車的平穩和腳踏車的優閒，走路的生活也很安然。但我還是很懷念我的機器獸，還有那一段歲月的自己。那時我從不計較，安於當下，崇尚自由平等，雖然窮但非常快樂——啊！我一直寫到這一行才漸漸明白，我的機器獸，當年帶我去的，是一個名叫「安那其」（Anarchy）的國度。

早餐的幾種方式

人生從矛盾中開始。

早餐是非常矛盾的東西，各科醫師、專家都認為早餐的營養均衡能為健康與工作帶來無限的效益，但是能好好吃一頓早餐的日子卻不多。當我們從沉睡中被喚醒，風雅的人關心「花落知多少」或「綠肥紅瘦」等無關緊要的問題；但哀哀小民心之所繫，無非遲到、工作等壓力事件，起床時對於穿什麼的念頭也遠超過吃什麼，最重要的早餐往往被擱置於可有可無或潦草行事之間。

理想的早餐，時間最好在初夏茉莉白花的清晨五點半到六點之間，地點最好在清露晶瑩的花園。鳥聲啁啾、群芳初綻，餐桌上陳設已具，園中現採的蔬果沙拉，溫熱剛好的水煮蛋，不稀不稠的地瓜粥，酥脆牛角麵包或手工穀類饅頭、水牛起司、山羊起司和各色果醬任君選擇；現做的歐姆蛋，冒著熱氣的牛肉清湯一一送上；果汁與乳品、新磨的濃郁咖啡或有佛手柑香氣的紅茶靜待品嘗，並附剛剛烤出來的瑪德蓮或布丁。尚未施朱抹粉的佳人彷彿從昨夜走來，在李希特彈奏韓德爾的輕輕樂聲中一同品嘗大地的豐饒，分享迷離的夢……待金陽高照，露水已晞，鳥雀俱寂，連琴聲也接近尾奏之時，便各自行禮離座，展開新的一天，此時便可立志做一個幸福的人。

但這樣的早餐畢竟不是日常所能，早晨的時間疲倦而促迫，能在家裡吃完麵包牛奶才出門，是從容風度的雅士；而在交通工具上一邊嚥下三明治或蛋餅，一邊回覆或發送數條業務簡訊，則屬於效率型的工作者；窩在辦公室的電腦前，工作開始之際才勉強咬了幾口塑膠袋裡的食物，咖啡只喝了半杯，降血脂藥則常常忘了吃，就是我輩苦難的眾生形象。

前一陣子，為了如何減重，也有人提出不吃早餐的對策。但想到小學朝會時，在豔陽與校長冗長講話夾攻下不支昏倒的同學，我覺得早餐還是不可廢除。只是吃什麼當早餐，各家各派當有不同的嚮往。名廚奧利佛四百卡的早餐料理非常誘人，但須一定廚藝；而每天牛奶沖燕麥片加各色果乾雖然方便，但久了真是食之無味。臺灣在地小吃展現出鮮猛的地方風味：加了魚皮、脆腸、蝦仁、薑絲的古早魚丸湯，飽藏壙肉、筍干和花生粉的傳統刈包，還有著名的虱目魚湯配滷肉飯、創意組合雞肉羹搭豬肉可樂餅等，都有一定的支持者。我想這些風情小吃，除了本身的好滋味，應該還寄託了一份閒逸的情致和鄉土的懷戀吧！

最經典的早餐應該是奧黛麗赫本在〈月河〉（Moon River）的配樂中，以神祕而冷峻的姿態，在尚未開張的第凡內珠寶櫥窗前拿出紙袋中的麵包和咖啡輕輕咬了一口。我以前不懂這是在訴說什麼，現在慢慢體會這現實與渴望、平凡與璀璨、愛情與麵包間的猶疑，雖然這些都是無關於早餐的，卻也都包含在早餐之中了。回想我今日的早晨，即溶咖啡配櫻桃也有一番深長的風味。

日本詩人松尾芭蕉的俳句最是深得人心：「深冬雪漫漫，獨啃鮭乾心泰然，清晨徹骨寒」（雪の朝獨り干鮭を噛得たり），我沒有吃過鮭魚乾，但幾乎能想見那樣凜冽的岑寂。相較起來我喜歡王維的「山中習靜觀朝槿，松下清齋折露葵」，有時我在清晨的校園漫步，坐在操場邊的看臺上喝咖啡吃麵包，世間匆忙倏忽，在陽光蒸乾露水的那一剎那，我的確有一種深深失去什麼的遺憾。

人間已無京兆尹

年假的最後一天，英語系的好友邵教授在臉書貼文，說要去仁愛路的京兆尹憶舊，沒想到走到店門口，發現早已歇業，門上還貼了斷電通知。上網一查，原來在二〇一七年，這家「回憶故都風味，享受皇帝口福」的館子就結束營業了。我還記得幾年前在遠企購物中心超市旁，還有個專賣京兆尹冷凍小食的小攤子，不知何年何月，也消失無蹤了。

京兆尹是個古色古香的小世界，裡面中國式的雕梁畫棟和珠簾繡柱的模樣，很有那麼一種深宮幽怨的淒迷之感；加上寫它用那些小盞小盤盛了切成小塊的芸豆糕、驢打滾、仙楂糕這些宮廷點心，還會用冒出乾冰的小罈子製造煙水迷離的效果，讓人想到宮廷劇裡的格格、太后或駙馬爺，大約也是這樣進食，旁邊有小李子這類人物服侍著，無論滋味如何，意思算是足夠了。假設三十年前一個老外參觀完故宮博物院後，蒙上眼睛咻地一聲來到京兆尹用膳，他可能會有一種穿越時光隧道之感吧！

兒時也去吃過幾次，但並不覺得有何特別，也許那時年紀小，不明白「故都」是什麼，不明白「舊時王謝堂前燕，飛去尋常百姓家」是何滋味，只覺得就是一個非常繁文縟節的中式餐館。結婚後還去過它在東區的分店，沒想到它後來專賣素食，漸漸去得就少了。我幾乎記不得最後是在什麼樣的情況下去品嘗美食的，可能是它推出了下午茶套餐之類的吧！現在好像連網路都已無法買到它的食品，可能是真的離我們而去了。原來世界就是這樣，當你以為某些事物是天荒地老不會改變時，卻在剎那間就消失無蹤，連記憶都殘缺不全。

京兆尹出現在臺北市，算算有五十年的歷史，當初它以懷舊的姿態，勾引「白先勇式的臺北人」的味蕾鄉愁，在小世界裡經營起文化上的中國想像，成為觀光客品嘗中華文化的一匙浪漫，可惜它當紅之時沒有米其林評分，不然說不定也可拿到那些星星吧！如今這位懷舊者，竟然已成為我們所懷戀的對象了，時光倏忽、人間滄桑，王羲之在〈蘭亭序〉裡說：「固知一死生為虛誕，齊彭殤為妄作。後之視今，亦由（猶）今之視昔」，只是多年以後，還會有人像我們懷念京兆尹一樣地想起我嗎？

唐代宗大歷二年時，詩聖杜甫在四川偏僻的夔州，觀賞了一位李十二娘的舞蹈，細問之下，才知這位已經半老的舞蹈家，師承當年名動天下的公孫大娘，公孫大娘在玄宗皇帝殿前演出過，據說草聖張旭就是看了她的舞蹈，書法才有進步的。杜甫五歲時在洛陽親眼目睹了她「天地為之久低昂」的現場演出，久久不能忘懷。而異域相逢的舞蹈，杜甫非常感慨地寫下：「先帝侍女八千人，公孫劍器初第一。五十年間似反掌，風塵澒洞昏王室。梨園子弟散如煙，女樂餘姿映寒日」的長句。京兆尹在臺北五十年，老一輩的饕客也該感嘆「五十年間似反掌」吧？也許讓人無法忘懷的，並不是事物外在輝光或淳美的滋味，而是曾經活在那些光影與氣味中的人事，一個曾經天真單純的自己，一段讓人忍不住懷念卻已無法挽留的情感，歌聲淚影，過眼雲煙。

許多滋味，許多人事，隨著時光之流永遠飄去了遙遠的記憶深處，臺北的夜，燈火輝煌，新興的餐廳時尚爾雅，處處高朋滿座，有一天我對著寫滿法文的菜單酒單，或也不免突然傷感，一嘆：人間已無京兆尹。

相逢一笑

讓我沒想到的是，事隔多年，洛基還依然活躍在大銀幕上，雖然看起來樣子有點慘，不過至少他做到了。

大約在我國一時，因緣際會進電影院看了一部《天下無敵》，那是「洛基系列」電影的第四部，在雷根總統與蘇聯冷戰的年代，洛基跑到莫斯科去打敗俄國魔鬼伊凡·德拉戈，為民主世界獲得寶貴一勝，洛基獲勝時，電影院全場鼓掌喝采數十秒，好像他真的艱苦地贏了什麼似的。

一直到幾年後，我才有機會租錄影帶陸陸續續看完洛基第一集到第三集，只能說非常佩服席維斯史特龍先生，能把一個平凡無奇的通俗故事變成轟動民主世界的系列電影。默默無名的窮小子，透過刻苦地自我訓練，在人生導師的開導和愛情的支持下，逐步攀登高峰，最後統一拳壇，小人物大英雄的男人夢我現在覺得好笑，但青少年時卻覺得相當鼓舞人心，找到目標後，「意志」是決勝的關鍵，在對手的重拳下一再倒地又一再站起來，配合The eye of the tiger的搖滾節奏，只能說那就是青春的暢快吧！

讓我吃驚的是，統一世界後的洛基還繼續推出了第五集和第六集，他就像是那顆「蒸不爛、煮不熟、搥不扁、炒不爆、響璫璫一粒銅豌豆」一樣不服老，用拳頭繼續和年輕人戰鬥，絲毫不落下風。終於在二〇〇六年《勇者無懼》之後，洛基似乎真的金盆洗手，改行當教練，「奎迪系列」應運而生，去年（二〇一八）居然也推出了第二集。奎迪是他老友阿波羅的兒子，當年阿波羅就死於蘇聯人伊凡拳下，那次大戰洛基因為榮譽沒有丟毛巾認輸而痛失摯友，始終耿耿於懷。

這一次，他找來當年演蘇聯拳手的瑞典動作巨星杜夫．朗格，再次上演第二代拳手為父報仇的超級老梗，劇中高齡七十的洛基顯得遲緩，他與家人疏離，在費城開了一家以前妻為名的小餐廳，門口的路燈始終不亮。而他訓練年輕人的方式和當年他的自我訓練一樣，不管科技多麼日新月異，他始終堅持非常傳統的、樸素的自我鍛鍊，例如拿著大鐵鎚在荒地打出一個天坑、不停翻動超級大輪胎、用脖子舉重……等等非常古而怪的方式。總而言之，在荒野的艱苦中喚醒男人內在力量，在發達肌肉的過程中重新洗滌心靈、校對人生，就是勝利方程式；只待擂臺鐘聲響起，心無旁騖勇猛上前享受痛苦就是贏家。

我不知道這樣的劇情對現在的年輕人有沒有鼓舞作用，但我還真的滿感動的，洛基年輕時在「導師」的指引下，從軟弱男孩變成戰鬥男人；而如今他在歲月的磨練下，從男人變為老人。第一次，他認為奎迪沒勝算不該應戰，拒絕訓練他，奎迪被打成重傷後躺在醫院，對著前來探病的洛基說了些垃圾話，洛基黯然離開，他只對奎迪的太太說：「沒關係的，我只是不希望他難過」，但當他收到奎迪還需要他的小紙條時，他回到奎迪身邊，告訴年輕人：「你不用學你父親當傳奇」，並再度引領他「只為自己的內在」比賽，最後榮登巔峰。

能夠去包容受傷的人，能夠去明白自己適合擔任什麼角色，能夠不為別人只為自己去做某一件事，我認為這個比他過去強調不服輸的意志等等都要有智慧，我想席維斯史特龍七十好幾了還出來拍這種片子，大概也是純粹喜歡演戲吧！

把對手演得太笨太壞且注定失敗是洛基電影的缺點，但這一次伊凡丟出毛巾認輸，沒讓作為他復仇工具的兒子維克多受到重傷害，算是洛基的一個小進步。也許年紀大了才會對很多放不下的事情慢慢看淡，包括恩仇。目前六部洛基兩部奎迪，總共八部電影已經表達了「智」和「勇」，我希望二十年後，洛基九十歲時能再穿上星條旗短褲，拍一部續集，讓美俄第三代大戰一場，最後握手言和，不再互相傷害，透過暴力的拳擊表現「仁愛」精神。

智仁勇兼備的洛基會不會自我完成呢？我七十歲時若真能看到這部電影，也就無憾了。

一瓶一缽

中學時讀一位清朝老先生彭端淑的〈為學一首示子侄〉覺得非常討厭：「天下事有難易乎？為之，則難者亦易矣；不為，則易者亦難矣。」一文中「立志」與「勤勉」的主題毫無新意，邏輯上也說不通，心中想的是即便我現在天天練習投籃，十年後也不可能打得過麥克．喬丹吧？與其說「勤能補拙」，不如說先找到自己的天分，然後「以勤養分」不是更好嗎？不過這兩天突然懷念起這篇作品，是因為想到裡面那兩個和尚的故事：窮和尚要去南海禮佛，富和尚覺得萬事難以齊備，不敢走出舒適圈，沒想到窮和尚「吾一瓶一缽足矣」地去了又回。

人生要好好活下去，到底需要什麼？

平生最怕大掃除，不是因為年久失修的紗窗拆下來沖洗後就再也裝不回去；也不是因為櫃子頂上過多的灰塵引發嚴重過敏。最讓人煩惱的，是對於原本無法決定，便

「暫時」堆在桌上或櫃子邊緣的各種東西，這時必須認真考慮該留還是該丟；而在騰出空間時，不幸又翻到許多嚴密收藏的舊物，一時回憶萬千，感慨也萬千。

收拾這些雜物，也很有回味人生的感覺，幫忙評審文學獎的感謝函讓我想起了那個非常安靜的高中生，那麼好的文筆，那麼憂鬱的心，未來他會成為一個大作家嗎？還是上大學後就忘了自己十六歲時曾經思量過的一段若有若無的感情，成為一個快樂的啦啦隊長？充當文藝營講師而得到的證書，想到暑假的校園，想起自己也曾像那群可愛的學員一樣那麼渴慕文學，想寫點什麼又無法下筆的心情。畢業同學寄來的小卡片，並有字跡工整的感人絮語，是什麼情懷令他在這數位時代還走進文具店買了這麼精緻的紙卡，寫了如此美好的話又貼郵票丟進郵筒，但我完全不記得我曾給他什麼智慧或指導，我該回一封長信嗎，像〈有人問我公理與正義的問題〉那樣？參加某會議的證明、識別證、講評的論文……喔，竟然還發現自己論文被退稿的審查意見，尖酸刻薄、吹毛求疵，可能是自己不經意間得罪了人還不自覺，該怎麼辦呢，需要留著參考嗎？

翻翻看看，念念想想，一個上午也就只處理了堆在書桌邊，三十公分高的「案牘」，服務十年優良證書、一段文章成為某參考書測驗題的授權書、上一學期的授課講義、忘了要寄回去的版稅回條、好幾個紅字的健康檢查報告、一疊學生遲交的作業……好像都應該留著，但全部都丟了似乎也無影響。每一張紙都曾有它存在的意義，但這些意義已經可有可無。雜亂的日子、紛繁的頭緒，人生實在太過臃腫了，我想回到那個窮和尚的極簡理想：「吾一瓶一缽足矣」！

扔掉了想去證明自己身分與功績的心靈負擔，人生才能遠行，「世人都曉神仙好，唯有功名忘不了」，《紅樓夢》裡的〈好了歌〉覺得功名、金銀、姣妻、兒孫都是該拋棄的東西，這中年人的心境就是白天覺得一切都無法割捨，但夜裡又覺得什麼都可有可無，連那一瓶一缽，打碎了也不可惜。

大掃除讓人在猶豫之間，必須重新省察自我，照見內在的貪婪、自負、虛榮、留戀、迷惘和庸俗；發現丟掉這些雜物，自己便不知自己是誰，復不知該何去何從？上網再聽一遍〈好了歌〉，想到：「陋室空堂，當年笏滿床；衰草枯楊，曾為歌舞場……說什麼脂正濃、粉正香，如何兩鬢又成霜」，大掃除可怕的就是如果此時唱〈好了歌〉的跛足道人來到眼前，也許我也要「搶過他肩上的褡褳」，與之一同飄飄而去了吧？

並不孤獨——追思馬悅然教授

夏天老了，一切都流成一種憂鬱的沙沙聲。唱得好聽的布穀鳥飛回熱帶地區，它在瑞典呆留的時間已經過去了。那時間不長，布穀鳥其實是薩伊的公民……。

——〈布穀鳥〉，馬悅然譯，《巨大的謎語》

多年前朗誦的詩，如今讀起來還是非常鮮明，瑞典人特朗斯特羅默（Tomas Gösta Tranströmer）的散文詩，在馬悅然的譯筆下率性而詩意，只是，唉，布穀鳥其實是薩伊的公民……特朗斯特羅默還有一首詩——〈孤獨〉——總不免讓我想起學術研究的生涯，難免會有些孤獨的時刻，像被囚禁著，在黑夜風雪中，一輛拋錨的車上，這時，有人輕輕敲你的車窗，你會覺得那宛如耶誕鈴聲。

我和馬悅然（Nils Göran David Malmqvist）老師僅有數面之緣，那是在二〇一三年，他接受了師大禮聘，成為師大講座教授之後的事。他有許多精采的講座，結束後也和我們談笑風生，但我大多數是聽著，覺得十分智慧、風采。後來我常透過他的夫人，陳文芬女士，用電子郵件向他請教一些問題，有一回，問他「pailü」（排律）是什麼？他解釋之餘，又知道我的研究近況，便投遞來許多人名、著作，覺得這些歐洲漢學家的研究可以參考參考，這些有趣的資訊讓我百無聊賴的研究工作，好像一下有了許多新的契機。

馬教授是瑞典學院（Swedish Academy）院士，諾貝爾文學獎評委，世界漢學巨擘，那些輝煌的成就已無須多言，但對於學問，他永遠是那麼親和，那麼慷慨，尤其是對於臺灣。二〇一四年開始，馬老師多次於師大設帳講學，在臺灣留下了美麗而可貴的學術因緣，幾乎將他的治學心得，在垂暮之際全部奉獻給臺灣學子。

我記得二〇一四年春天，馬教授在師大進行了兩場有關漢語語法、語音的演講，這個預期將是非常專業的題目，在馬教授幽默的語言中，漢語撒豆成兵，馬教授忽而模擬莊子和惠施的辯論，忽而扮演《左傳》中楚王與伯州犁討論軍情行動的對話，維妙維肖，嚴肅的古籍成了春天初放的蓓蕾，我所熟悉的漢語，竟是如此多嬌？我還記得他的瑞典笑話：

有一個年輕的學中文的美國學生到臺灣去學習。一個臺灣的朋友請他到家裡吃飯。他朋友的太太到廚房去的時候，那美國學生對主人說：「啊，你太太真漂亮！」

「哪裡哪裡。」主人說。

「到處都是！」那美國學生說。

當年深冬，馬老師再度蒞臨師大，為師生帶來了三場演講和一場詩歌朗誦，內容包括了唐代的詩歌、諾貝爾文學獎的歷史和意義以及文學翻譯的問題。最後一場朗誦會，是馬老師親自朗誦其摯友，瑞典詩人托馬斯．特朗斯特羅默（Tomas Gösta Tranströmer）的作品：

荒涼的春日
像絲絨暗色的水溝
爬在我身旁

沒有反射。

唯一閃光的
是黃花。

我的影子帶我
像一個黑盒裡的
小提琴。

我唯一要說的
在搆不著的地方閃光
像當舖中的
銀子。

——〈四月和沉默〉

這篇作品是詩人中風後，在失語的情境下所創作的作品，閃亮的語言和智慧在腦海中閃爍，卻無法在當下說出，看得到他卻觸碰不到他，是命運的捉弄，還是生命的現實？不意在隔年（二〇一五），詩人於三月謝世，留下了他巨大的謎語。

我們在五月的臺北，邀請馬教授及詩人楊牧、向陽、焦桐與會，在鋼琴與提琴的優柔奏鳴中，一同追思這位遙遠的諾貝爾文學獎詩人。在距離瑞典萬里外的南方海島，大家輪流讀著那些可能在冰雪中寫成的詩，這或是特朗斯特羅默自己也無法想像的事。馬教授用投影片介紹了詩人的家居、鋼琴和手稿，以及他最愛的巴哈。我當時也讀了簡單的作品──〈布穀鳥〉──這個遙遠的、平凡的小聚會向所有參與的人揭示了詩歌真正的涵義：詩是我們彼此傾聽、彼此理解最好的方式。在這些朗讀出來的字句中，我彷彿看到思索、苦悶和輕輕的自我解嘲。

二〇一六年，馬教授最後一次來臺，為我們帶來他最初學習漢語的契機，討論《老子》這部著作：〈道可道非常道：對古代漢語語法一些領會〉，他說在一九四六年時，他閱讀了英文、法文和德文版的《道德經》發現內涵多有落差，於是決定自己學習漢文，自己讀懂《道德經》。這次的演講回顧了他一生對中國古籍、對漢語的幽深體會，莊嚴玄奧，不可方物，極可能是當代歐洲漢學最重要的學術發現。

每次馬老師來，我都說要請他吃小麵館，但總沒有成真。

爾後馬教授健康不佳，不再能遠行。有時我會透過網路向他請益一些學術問題，他知道我在做洪業（1893－1980）的杜詩學研究，非常支持，他說洪業是「很大的學者」，值得研究，也提醒我David Hawkes也是重要的杜甫專家，不可忽略。馬悅然老師親切和藹，學問以外，他也教我怎麼當一個好老師，有一回吃飯，他說他曾有一個有點年紀的老學生，一心向學，卻遭遇同學流言，說他以前當嬉皮吸過大麻，不太正派。他懷著可能被老師逐出門牆的無奈去跟老師「自首」時，馬老師說：「我對他說，你這算什麼，以前在中國時，我還跟報國寺裡的和尚一起抽大菸呢！」該生始覺安穩，專心治學，後來果然出眾，有了很好的表現。在這些小故事裡，真正認識到一種為人師的體諒和寬容是多麼可貴，也才看見一個頑皮、天真、自在與博大的大師形象，以及他心裡面對學生、對學術那種深遠的愛。

馬老師一生翻譯了許多中國古典小說，也是少數長期關心近現代華文創作的歐洲學者，他譯介了大量的現當代華文創作，是華文創作國際化最重要的推手。馬師母告訴我：馬老師珍惜最後在書桌前奮鬥的時光，努力讀書，孜孜不倦地翻譯「莊子」。馬院士自是學人的典範，但我更覺得他是一位真正具長者風的大師，他曾說他很喜歡辛棄疾，我覺得那種灑脫的確很像，「味無味處求吾樂」，我很想問他，對他來說，中文古籍或漢語中的滋味究竟是什麼呢？

可惜大師已於二〇一九年十月十七日辭世，高齡九十五。

我仍不時有些小問題想請教馬老師，想在他博學睿智的見解中尋到靈光，這些時刻，不免有點失落，有點孤獨。但我想，那些讀著書的時光，對馬老師而言，會不會像瑞典詩人的俳句：

看我坐在這
像靠沙岸的小舟。
這兒我真快樂

——〈俳句〉，馬悅然譯，《巨大的謎語》

馬老師年輕時師事漢學大師高本漢，一生樂在治學、講學當中，那些古老的典籍，《老子》、《莊子》、《左傳》，漢語的格律與唐詩，對他而言是一趟意外而美麗的旅程嗎？典籍沉默而永恆，玄奧如大海潮聲；我想馬老師遺留給世界的，是熱愛學術文化和勤奮於生命的心；在時時的追念裡，我們走在這條路上，也就並不覺得孤獨了。

論金庸三帖

金庸去世，武迷震悼。回味以前讀過的金庸小說，十分感念這些故事陪我走過的青春歲月，以及在文學想像及人生道義上給我的啟發。一些雜感，隨手筆記，也回味了那些沉浮在虛構世界裡的往日。

一、論兩性

金庸的小說固然曲折離奇，合情合理中卻使人有所領悟，而我覺得他的小說他者未能比肩的地方，一是筆下的俠情大義使人凜然肅然；二是他的兩性觀也值得回味。金庸影響我對男女互動的思考至少有三點。

第一，男人不要為了自己朋友的一點小事去煩勞女人，胡斐為了幫苗人鳳療毒便去找毒手藥王，最後讓程靈素為他而死；范蠡為了幫句踐復國就請牧羊女阿青教他劍術，壞了她和白公公之間的感情。這些男人都贏得了忠義之名，卻也都沒有能力報答女人。因此我覺得男人要有一個警惕，你想要盡朋友之義或忠臣之道，自己戮力從事就好，驚動了那些冰雪聰明的女性，又無法回報深情，終究一生負疚。

第二，男人武功再高也鬥不過女人。楊過被郭芙砍斷一臂已經算是輕傷；張無忌給周芷若刺了一劍，令狐沖被小師妹釘在地上，幾乎都要了他們的性命；所以男人首先要警惕不能和女人動手。這一點周伯通最懂，他武功那麼高，但見到瑛姑只能掉頭就跑，沒有被女人傷害過的只有郭靖，那是因為他運氣很好，有慈母愛妻的護持，所以他也總是有一種長不大的氣質，即使他已成為一代英豪。

第三，男人對女性的美不能過於著迷，但也不能視而不見。前者如精明的韋小寶卻也被方怡、阿珂騙了好幾回，後者如蕭峰對馬夫人在芍藥花下的姿容視若無睹，因而幾乎被她毀去一生。所以男性要能以正確的態度面對女性之美，過猶不及皆屬失策，但什麼是「正確的態度」？難以言喻，可能是《天龍八部》裡，虛竹去應徵西夏駙馬時的那一段對答最值得參考吧！

那宮女問：「先生平生在什麼地方最是快樂？」

虛竹輕歎一聲，說道：「在一個黑暗的冰窖之中。」

忽聽得一個女子聲音「啊」的一聲低呼，跟著嗆啷一聲響，一只瓷杯掉到地下，打得粉碎。

那宮女又問：「先生生平最愛之人，叫什麼名字？」

虛竹道：「唉！我……我不知道那位姑娘叫什麼名字。」

眾人都哈哈大笑起來，均想此人是個大傻瓜，不知對方姓名，便傾心相愛。

那宮女道：「不知那位姑娘的姓名，那也不是奇事，當年孝子董永見到天上仙女下凡，並不知她的姓名底細，就愛上了她。虛竹子先生，這位姑娘的容貌定然是美麗非凡了？」

虛竹道：「她容貌如何，這也是從來沒看見過。」

不以外在世俗的評價，但求真心，也許就是最好的應對了。

在這些故事中，可知兩性相處非常不易，金庸筆下的典範情侶是郭靖黃蓉，是楊過與小龍女，前者是人間夫妻，後者是神仙眷侶。而胡斐和程靈素不能偕老，空心菜與師妹為命運所弄、袁承志與夏青青結為夫妻，都使人有點唏噓。

二、論性格

金庸善於創造人物，不僅是各色人物的面貌性格分明有特色，更妙的是他能讓每個人物的性格在故事裡發揮作用，他既是「性格決定命運」的信仰者，同時也是「命運即是文學」的實踐者，金庸的小說人物，無論成敗，最後多歸結於其本身性格的完成。

我少年時代比較喜歡郭靖這個人物，我相信金庸想創造一個儒家思想裡「剛毅木訥」的典型。近年因為自己常思考教學問題，也不免想到郭靖的幾位恩師，我發現他們除了讓郭靖的武功（應對現實的能力）突飛猛進，對於他的個性（內在的自我完成）幾乎沒有發揮任何作用，天生本性和大漠草原的童年，似乎已經完成了這個聖人的一切。

在郭靖的師父中，柯鎮惡和洪七公是非常巧妙的對照，張潮在《幽夢影》裡說：「牛與馬，一仕而一隱也；鹿與豕，一仙而一凡也。」洪、柯二人正屬仕隱、仙凡的對立兩端。洪七公武藝高強，心性聰慧，每每飄然而來，倏然而去，在《神鵰俠侶》中隱居嶺南，因緣巧合才在華山遇到楊過。柯鎮惡的功夫在金庸小說中可能排不上前三百名，由於目盲，出入都要扶著一根鐵杵，他的思想就是傳統民間忠孝節義那一套，迂闊且容易上當。他們都是正直的俠士，但殺惡誅奸，柯鎮惡這幫人是呼朋引伴，往往還不能成功；洪七公則在事成之後「自是無人得知他來蹤去跡」。

郭靖這一仙一凡兩位師父，人生的際遇大不相同，洪七公雖然清高，但一生頗感寂寞，他好像沒有家人、沒有朋友，只有在和郭靖、黃蓉兩個晚輩在一起時才流露出真心的快樂，這也難怪他把一身絕學都傳給他們兩人。柯鎮惡則不同，他的生活熱鬧喧囂，早年有一群拜把兄弟，合稱「江南七怪」，晚年在桃花島閒不住，回到故鄉嘉興與市井流氓賭博喝酒就是他最大的樂事。

柯鎮惡處處不如洪七公，但細思之下，理想的人生，或應該是追求洪七公的絕藝和境界；而真正的快樂，卻好像是屬於柯鎮惡的平庸生活。有時我實在非常厭倦那些過年時節的大紅大金、鑼鼓喧天；那些電視媒體改運發財、愛情事業兩亨通的無稽流言。然若人生真能在美食與煙火、特價與福袋中得到驚喜快樂，那不是也是一種極大的幸福嗎？何必一定要追尋蒼松掃雪、暮鐘誦經的幽冷。

洪、柯晚年都遇到了楊過，洪七公一如當年對待郭靖，也只給了楊過武功與美食；但金庸卻交付此柯鎮惡一件最重大的任務，就是由他來告訴神鵰大俠，他父親楊康一生的劣跡，並在楊過羞憤難當之時，勸勉他：「楊公子，你在襄陽立此大功，你父親便有千般不是，也都掩蓋過了。他在九泉之下，也自然歡喜你為父補過。」楊過在歷經多重劫難後，雖然武藝人品皆臻一流，但對於身世之謎卻始終是一塊心病，最後由粗魯、鯁直的柯鎮惡來完成心靈療癒，也真正詮釋了「俠義」是一種可貴品格，不僅在奮不顧身急人之難，更在於大是大非的判斷，對救贖小我和完成大我都有不可磨滅的意義。

柯鎮惡最後還為一生痛恨的楊康立了一塊墓碑，這種瑣事大約不是洪七公會去做的。世間勞碌耕田的水牛永遠也追不上千里馬的駿逸，畫在南極仙翁旁的總是一匹梅花鹿而不是大肥豬。但民間文化，對世俗與平凡的認同，甚至懷有敬意，正是溫暖的人情智慧，十二生肖裡，有豬而沒有鹿，有雞而沒有鶴，或是此理。金庸在柯鎮惡這個角色上，留下了深長的文化韻味。

三、論完美

金庸筆下的人物，往往開始於缺陷，最終結束於完美，郭靖資質駑鈍，一開始連小道士尹志平都打不過。楊過心態失衡，猜忌心重，老是對恩人心懷不軌。張無忌缺乏人生經驗，隨隨便便就被人欺騙。令狐沖對愛情認識膚淺，錯將小師妹的兄長之情當成男女之愛。至於蕭峰竟是生長在大宋的契丹人、黃蓉心胸狹窄、程靈素姿容平凡，也許這些都是普遍認識裡的美中不足了。但小說中這些人物都因為後來的際遇和本性的善良而超越了這些缺陷，完滿了人生的最大功課。因此我們欣賞郭靖勤能補拙的毅力、楊過浪子回頭的浪漫、蕭峰打破狹隘的種族藩籬的悲憫智慧、程靈素以犧牲自我同時完成醫術及愛情的真諦，我們所感動的除了偉大的情義，同時也對一個始終奮鬥的靈魂有所動容。

對小說家而言，如何幫這些趨近於完美的人物譜寫一個完美的結局，讓讀者從中若有所悟，那是很困難的文學工作，也由此可見金庸不凡的構思能力。正所謂：「疲乏的盡頭是死亡，完美的盡頭是無盡」，金庸的人物結局也常點到為止，留下遐思。例如張無忌在四位女孩間的猶豫讓人會心一笑；苗人鳳和胡斐的誤會能否在間不容髮的一刀間化解，還是重複上一代的錯誤？使人提心吊膽。但金庸大多的安排都讓人心服口服。

郭靖黃蓉最後應該是與襄陽城同時覆滅，彰顯其俠義在於為國為民，是儒家式的轟轟烈烈；楊過與小龍女了卻了人間的恩怨後飄然歸隱，不知所終，是道家式的無功無名。如果這兩組人馬結局對調，小說便有所不足。在金庸筆下，金毛獅王謝遜、裘千仞、蕭遠山、鳩摩智這些曾犯大錯之人，最後都皈依佛門，也許是作者認為世間邪惡多起念於貪嗔痴，而唯一能化解的方式唯乃佛法，這種安排確實很符合國情文化。

完美的人格人生固然有其絕對性，例如蕭峰以自己的生命換取遼宋兩國和平的大仁是絕對的完美；但完美也可以說存在著相對性，例如《鹿鼎記》裡面的韋小寶，怯儒狡猾又好色虛榮，但是他身處在中國醬缸文化式的官場卻如魚得水，也可以說在那種虛偽狡詐的世界中，這種性格才算完美，儒家的正直、道家的無為、佛家的慈悲，在那種世界裡注定失敗。金庸是不是藉此諷刺中國政治的道德低落或人格歪曲呢？

金庸還寫出了一種不完美的完美，慕容復的復國之夢最後在幻想中完成，蕭峰是由阿紫抱著跳入斷崖，胡斐明白真愛時已經太晚了、空心菜仍被愛情所背叛……所謂悲劇，也許就是英雄最終也無法戰勝人性所形成的命運吧？人生之可悲可嘆，可愛可敬，也就在這些無奈中彰顯出來，形成了深刻的啟發。

就小說而言，這些人物，這些情節和結局，已經可算非常完美了。

花氣襲人

清明一過，天色便瀏亮起來。忽然便想起小學時特別留戀這個季節的時光，覺得一切都好，班上的同學都已經混熟了，再過兩個半月就要放暑假了，老師的嚴密管理似乎也鬆弛下來，日子隨興而期待，寒冷已去，晴日多於雨天，這是一年中最美的一刻。

此時我的窗臺也繽紛起來，在連鎖家具店二十元買的玫瑰開了又開，總比別人家遲到一季的茶花也盛放大紅的花瓣，連沒有怎麼照料的蘭花也逐一展顏，一片錦簇中，感到喧囂世界也有小小寧靜，寂寞的心滿是花朵幽唱。忽焉想到陸游那句名詩：「花氣襲人知驟暖」。

《紅樓夢》借用這句詩表現了賈氏父子的緊張關係，賈寶玉的父親賈政偶爾聽到一個陌生的名字：「襲人」，便有了故事：

賈政便問道：「襲人是何人？」王夫人道：「是個丫頭。」賈政道：「丫頭不管叫個什麼罷了，是誰這樣刁鑽，起這樣的名字？」王夫人見賈政不自在了，便替寶玉掩飾道：「是老太太起的。」賈政道：「老太太如何知曉這話？一定是寶玉。」寶玉見瞞不過，只得起身回道：「因素日讀詩，曾記古人有一句詩云：花氣襲人知晝暖[1]。因這丫頭姓花，便隨口起了這名字。」……賈政道：「只是可見寶玉不務正，專在這些濃詞豔賦上做功夫。」（廿三回）

賈政一聽「襲人」之名，便知道老太太沒有這樣的學問，可見他也潛心過「濃詞豔賦」，只是不願承認罷了。從唐詩開始，就有不少作品使用「襲人」來描寫沁人的香氣：「獨愛池塘畔，清華遠襲人」、「翻影初迎日，流香暗襲人」，陸游這篇〈村居書喜〉：「紅橋梅市曉山橫，白塔樊江春水生。花氣襲人知驟暖，鵲聲穿樹喜新晴。坊場酒賤貧猶醉，原野泥深老亦耕。最喜先期官賦足，經年無吏叩柴荊。」詩非常平凡，典型陸游風味。

陸游的詩好不好，一直是我心中的疑問。他屬南宋四大家，應是一代才子，「山重水複疑無路」、「小樓一夜聽春雨」、「細雨騎驢入劍門」、「傷心橋下春波綠」等等，都是耳熟能詳、親切有韻的好句。小時候做愛國教育，老師都說陸游是愛國詩人，要大家讀：「王師北定中原日，家祭無忘告乃翁」，當時也不明白那是什麼意思，現在想想，當年編教材的先生，讀到這句詩應該是很心酸的吧？而他的愛國詩總愛作夢：「樓船雪夜瓜州渡，鐵馬秋風大散關」，編《宋詩選註》的錢鍾書先生對這類作品頗加譏刺，覺得他動輒要報國仇、雪國恥，似乎有點氾濫的傾向。

給陸游詩歌評價致命性打擊的，卻是林黛玉。《紅樓夢》裡，苦命女香菱想學做詩，對林黛玉發表閱讀心得：「我只愛陸放翁的『重簾不卷留香久，古硯微凹聚墨多』，說得真切有趣。」黛玉道：「斷不可看這樣的詩。你們因不知詩，所以見了這淺近的就愛，一入了這個格局，再學不出來的。」（四十八回）從此陸詩便成為「淺近」不可學的代表。

人到中年才能體會真切有趣的閒適生活沒那麼不好，蘇東坡寫「春江水暖鴨先知」，大家都說很妙；陸游寫「花氣襲人知驟暖」，雖然後知後覺，但體會也不失為新鮮。「重簾古硯」之句，病在單純寫物，無所寄託，但這種即興的小確幸，卻是培養詩心的好材料，公務繁忙之餘，能在這些小事上轉移煩悶，實在是一種生活之必須。作詩若一入門就要「海內風塵諸弟隔，天涯涕淚一身遙」，實在太辛苦了。

陸游真正的好處，除了慧心體物，巧手對聯以外，還寫人情也很準確，在「花氣襲人知驟暖」之餘，最讓他開心的是已經繳納賦稅，不再有稅吏敲門討錢。我在賞花沉吟之際，竟也勾動心事，想到五月即將報稅，心情為之一沉。陸游算是大詩人嗎？也許等我報完綜合所得稅，再來細細商量吧！

人易凋零酒易晞

《儒林外史》裡的匡超人原本是個孝順的農家子弟，後來卻變成一個居心不正的文化流氓，尤其善於自我吹捧，有一回他在江船中遇見牛布衣和馮琢菴，三句話下來便開始胡說八道：「弟選的文章，每一回出，書店定要賣掉一萬部」、「五省讀書的人，家家隆重的是小弟；都在書案上，香火蠟燭，供著『先儒匡子之神位』」、「唯有小弟的選本，外國都有的！」過去看書，只覺得此君莫名其妙，今日想來卻也不免悲哀，每當我遇到各種評鑑、申請等，不免要強調自己的學術著作何等重要、證明自己的貢獻多麼可貴、接下來的研究又有多大的價值……有時填完表格，一番回顧，儼然覺得自己就是匡超人再世，沉吟之餘，不免靜思默想，是人性還是制度，也把我變成了一個浮誇學棍？

「學人」是一個很妙的尊稱，像「詩人」一樣，就是以學為生的人。真正的學人，不求聞達，不慕榮利，也不用什麼頭銜，安安靜靜在書房治學，一生只完成幾部對得起自己的作品。在我的心目中，一位早已為人遺忘的先生，燕京大學的洪業，可算是這樣的學人。

洪業是福建人，外國人稱他威廉·洪（William Hung）；他是哥倫比亞大學歷史碩士，另有神學學位。據說他的文質彬彬，英文典雅幽默，在美國到處演講非常受到歡迎。燕京大學是美國教會在北京創辦的學校，校長司徒雷登是國府遷臺前的美國駐華大使，燕大學風自由，與美國哈佛有合作關係，創辦了哈佛燕京學社，學術地位很高。燕京大學又有一個「引得編纂處」，洪業先生就是主其事者，他一共編出了六十四種中文書籍的「引得」來。

大學時，也在圖書館的參考書室見過一套「引得」，翻開全是像密碼一樣的表格，也不知道怎麼使用，後來才知「引得」就是Index，譯作「引得」就是洪業的傑作，這和蔣彝將Coca Cola譯為「可口可樂」一樣了不起。在沒有電腦的年代，忽然要查一句話的出處，就要從這種工具書著手。這種書在電腦普及的今日，幾乎失去存在意義了，重新在圖書館看到他積滿灰塵的舊書皮，也不禁浩嘆時光之須臾了。

進一步了解洪業，是因為他用英文寫了一本*Tu Fu：China's Greatest Poet*《杜甫：中國最偉大的詩人》，前幾年大陸學者曾祥波才把他譯為中文。洪業是性情中人，最不滿老外扭曲捏造杜甫故事，把杜拾遺變成杜十姨，於是他便發憤寫一本真正的杜甫傳記和詩作介紹給外國人看，此書在趣味性上也許比不上林語堂的《蘇東坡傳》，但學術水準上或應略勝一籌。洪業非常愛國，抗戰期間被日本人當成反日分子抓起來關在牢中，審訊時他都慷慨陳詞，譴責日軍侵略最終會使日本人民受苦，一旁的朝鮮翻譯聽了都默默流淚。他以杜甫詩：「今朝漢社稷，新數中興年」和一起被逮捕的教授共勉，發願重獲自由要全力奉獻於杜甫研究，他也的確做到了。這部書淵博雅緻，帶著舊時學術的浪漫風味。

我常覺得新時代裡，很難再見到洪業這樣儒雅方正的君子，他們不用像匡超人和我輩一般，到處誇耀自己的成就與地位，懷有初心的著作，永遠都給後人啟發。唯今日讀其遺著，欽佩之餘，卻也感到敍議之間似乎流露一種孤高的寂寞，難道他能預期這些終將為科技所淹沒嗎？

徘徊在圖書館中，電子資料庫齊全方便，電腦檢索省時省力，可我不知為什麼，面對螢幕，心裡卻總是還惦念那些埋在灰塵堆中，永遠不會再有人去翻閱的厚重引得？

是雨，還是暴風雨？

春雨來時，芳菲悱惻，細細融融，不為延續殘冬陰冷，反倒似為暄和的春日略作鋪墊，濡潤灌溉，滋養發生，在時節義理和生命奧義的期許下，春雨油然欣喜，沛然成章，彷彿慈愛與仁德，皆在無言裡完成典範，田野青山的雲纏霧緜，簷前一夜的清瀝點滴，溫柔的智慧，沉默的奉獻，帶來眾人所謳歌的生命成長。

夏雨來時，綠蔭正濃，凌空呼嘯，颼颼有聲，驅散了空氣中的窒悶，洗滌塵汙，讓乾渴的大地得以飽飲清涼。

我過去的日子是春雨滋養的芽葉，無所體認地接受油膏之沐，所有的憐恤與愛都讓我認為是理所當然。大學上課，很難出現在教室裡，只覺得那些講解太過枯燥乏味，我想要體會更新鮮的世界，尋找寫作的靈感。多少匆匆應付的考試，老師們也並不為難我，關於「南北宋詞的差異」、「入聲字消失的原因」或「解釋莊子書裡面心齋、坐忘和兩行的種種內涵」，說實在我都心虛漫議，根據潦草，孟浪的意見也都在寬容裡獲得分數。帶著一顆空洞的心走過四年，我連畢業典禮都不想參加，非常寂寥地遠觀那個花束與帽子的世界。

到了研究所，老師也不嫌我程度太差，還是從頭教我如何使用參考室裡的工具書，怎麼思考一些簡單的學術問題，我不久後便發現，所有無法寫出的報告或論文都指向一個癥結，那就是對原典的陌生和缺乏真正理解，正當我有為時已晚的感慨，老師們還是一一從基礎教起，漫長的寫作和討論，讓我勉強獲得學位，我發現口試結束以後，老師似乎比我還要高興，那使我真正有了慚愧的心情。「隨風潛入夜，潤物細無聲」，教育之道，盡在其中。

季節漫無目的向前，而今我已有了夏雨將至，無以為避之感。

我的觀念、價值，漸漸與愈行愈快的社會脫節。先是從硬體開始，新的車上沒有CD唱盤，逼得我要跟那些珍藏的老唱片話別；手機裡或網路上的諸多功能我都不會使用，並經常性遺忘各種網站登入的帳號密碼，對別人而言的方便，對我反而是一種阻礙。我也漸漸發現，我習慣的那套方式，面對社會問題已經無能為力，新的價值從天而降，像夏雨，倏忽潺湲了乾涸的溪流，卻也淋濕了我這沒有傘的行人。

我非常留戀過往，一如川端康成在小說《名人》中的惋惜。這個故事敍述活在舊時代美學裡的年邁圍棋名人，退隱前接受新銳高手大竹七段的挑戰，老名人嚮往的是從容意境和共譜名局的舊日情懷；但大竹君一心渴望勝利，求勝的慾望淹沒了人情之常，透過棋道意圖展示的美德也在過程中飽受煎熬。大竹七段嚴密而耐心地向老人發起攻勢，「不敗名人」的殿堂終於坍毀。

反覆思考這部傑作，也許舊時代其實並不美好，所有的留戀都是對自己天真的緬懷，以及嚮往永恆的潛意識。夏天的雨必以暴烈的姿態挾雷電而至，改變了春日世界原本的邏輯與風情。如今我漫步在這場濕熱的雨裡，進退狼狽，也不免回憶對局中，大竹七段走出籌畫已久的六十九手，這凌厲的棋招初次打擊了名人的信心，川端康成記載大竹落子剎那的得意情態：「『是雨還是暴風雨呢？』七段說罷，放聲大笑」。

愛一個人還是買一雙鞋

「如何在一個陌生的城市裡留下記號，愛一個人還是買一雙鞋？」

這是夏宇的詩，物質和愛情，仔細思量，並沒有誰勝過誰的問題，但我二十年前並不這麼想，我曾經認為愛情是很偉大的，而一雙鞋，又能為生命留下什麼真正記憶呢？縱使如〈仙履奇緣〉，玻璃鞋也只是愛情的配角。但不知何時，我慢慢放棄這個想法，一雙鞋是很重要的，要舒適地走盡天涯海角，要在球場上一逞威風，要彰顯名牌西裝的價值，鞋，是重中之重，愛情與之相比，不免太過襤褸虛無。

不過話雖如此，但家裡的鞋櫃中我沒幾雙鞋，慢跑鞋、網球鞋、休閒鞋、皮鞋和一雙涼鞋，幾乎就是全部了，每一雙都擔當了非常明確的任務，幾乎沒有討論的空間，但太太、女兒的鞋卻非常多采多姿，充滿了美的想像。這也似乎是世界的縮影，在百貨公司，女鞋專櫃不只一層，「琳瑯滿目」似乎是專為女鞋世界發明的成語；而男鞋多半只在某一層的某一個角落，疏疏落落幾個款式，讓人不勝唏噓。

鞋和女性關係密切，並不始於現代。梵谷有一幅有名的畫作：〈午睡〉，在麥田上，成堆的麥稈堆成小丘，兩位農人倚著陰影午睡，男性脫去鞋子向天敞臥，女性蜷曲身體，同時還穿著鞋子，梵谷非常寫實，鞋對於男性類似工具，工作時才穿上；對於女性，卻幾乎是不可分割的一部分了。如果翻檢唐詩，我們會訝異地發現詩裡很多舞鞋、繡鞋、牡丹鞋、雲頭踏殿鞋，李後主描寫與小女友的幽會，也記錄了女子「剗襪步香階，手提金縷鞋」的生動姿態。而唐詩裡男人的鞋並不常見，杜甫寫得最多，包括了踩滿泥巴的青布鞋、流落山中勉強編成的草鞋，「麻鞋見天子」既言困苦，又言忠愛，是他的著名形象，另外少許詩人寫的是和尚道士的藤鞋之類，真是不提也罷。

鞋子的款式，自然顯露了一個人的品味與內涵，但也同時代表了一個人的心靈狀況。年輕時，總是希望穿著「正式」，讓人家不要一眼看穿我因缺乏經驗而惶恐的心，也不要認為我無知失禮或不合時宜。但現在慢慢不再講究了，反而是希望以便捷、舒適為主要考量，到哪都踏著一雙便鞋，也許就宣示了大叔的天真無畏，諸法皆空。

回顧學生時代，不知為何，學校對鞋子有很多要求，記得小學時，有一回合唱比賽，老師要求全班明天要穿白色的皮鞋出場，但我們家裡似乎沒有閒錢去買一雙平時絕對不會穿的白皮鞋，父母露出為難的臉色，我一想到明天，可能會和全班與眾不同，不知會被老師如何處罰，心裡也非常擔憂。也許是父母看到了我的擔心，晚餐後，刷了整天油漆的父親騎著腳踏車，載我到通化街夜市那裡一家一家比較，終於在燈火闌珊之際，買到了白皮鞋，多年後我讀到這句詩：「如何在一個陌生的城市裡留下記號，愛一個人還是買一雙鞋？」我想起那天晚上，我把白皮鞋放在床邊，但我真想抱著它們睡覺。或許愛一個人，就是陪他或為他買一雙鞋吧？

鞋是一雙永不分離的小船，浪跡江湖，最後回到家的港灣。穿鞋時，鞋拔是個偉大的發明，我永遠都需要靠它協助。有一回在雜貨店買了一柄木頭鞋拔，上面還寫了「山長水遠」四個字。我不知道是它的品牌，還是在叮囑穿鞋的人，世途漫漫，「勸君著腳須較穩，多少旁人冷眼觀」？每一次靠它穿上鞋子，也不禁悠然想起，那些行過的路，那些走錯的人生，以及深深愛過的人。

愛情太短，遺忘太長

這些將要長成皇后的少女
會為了愛情，到天涯海角
會跟隨壞人，永不變心

——多多〈少女波爾卡〉

年輕時看過村上春樹的名作：《遇見100%的女孩》，題目非常吸引人，但小說本身卻有點空泛，但不失為非常青春又非常感嘆的作品，那是一個關於失憶的故事，不是病理性的，是人生變了，忘了從前那個自己。

昨天晚上夫人突然說她最近一直在想，當初怎麼會跟我在一起的。

我們同系同班，生日同一天，血型也一樣，站在二十張卡片前，說一二三指出自己最喜歡的，常常都會指向同一張，這樣的兩個人不在一起不是很奇怪嗎？但話不是這麼說的，我發現年輕人都時有一層靈光，好像上帝用月輝星耀和地球的諸多神祕元素，特為年輕人撒上的亮粉，無論是誰帶著這光暈，走到哪都很吸引人。也許也許，這就是當初我們彼此相愛的原因，但現在顯然是靈光消退，忽然清醒之際大家都莫名其妙，不知自己當初為何如此痴傻？

在捷運上坐在對面的女孩並不太美，有年輕人的濃眉和不太高興的木質表情，整理得宜的半長髮弧尾正好圈住尖尖的下巴，一顆梨形的頭接著隨興的寬衣大褲和帆布鞋，看來非常自適。旁邊的男生大概懶得幫她拿大衣了，就把外面雪白裡面大紅格子的呢大衣披回她的身上，她扭了一下肩膀任隨大衣滑落一半不去顧它。他們大約剛剛逛完文青市集之類的地方，女孩從粗紙盒裡拿出一本包了塑膠袋的日本雜誌，打開翻翻，封面的美女無懈可擊，又倒出一些零碎的事物，百無聊賴地又塞回紙盒裡。男生則一直在划手機，他有粗黑框的眼鏡和膝蓋破了大洞的牛仔褲，揹著一個斜跨胸前的綠包包。

我猜他一定不懂唐詩宋詞，亦復沒讀過《紅樓夢》或《戰爭與和平》，絕對無法說出〈挪威的木頭〉出自哪一張專輯，也不曾擺過林海峰的棋譜、看過張德培的法國公開賽。但我想他們是相愛的，一如我當年一無所知、一無所有，只有年輕的心和許多未來的歲月，那個本來要變成皇后的女生竟然願意跟我去天涯海角，一路上還不斷爭執、冷戰，甚至大打出手。

該怎麼辦呢？對面的女孩無聊地看著窗外，他們旁邊是帶著幼童的媽媽，媽媽一面凝神看手機，一面巧妙而準確地把試圖滑下座位的小孩拉回博愛座，對我來說這是一個神奇的隱喻，但對面的女孩完全沒有注意到，因為男生碰了碰她，叫她看手機裡的什麼東西，兩人便一起笑了。而我竟被這樣的世界所感動。

有一次我們說要一起坐火車去勝興，據說是縱貫線的最高點，一個寧靜的客家山村。我在臺中車站前的五南書局等了兩個多鐘頭她都沒來，有點灰心之際，她終於還是出現了，一路上坐著慢車，東聊西扯，搖搖晃晃地到了勝興。我們也隨便拍了幾張照片，漫無目的在清幽的山林走了一圈，那是一個平凡的日子，沒有任何遊客，那裡的人耕田、賣菜，騎著摩托車噗噗噗遠去，黃昏時我們便又坐著火車回到熟悉的世界。

生命照舊，作息如常，一切似乎沒有具體的意義。但經過許多年我才慢慢明白，那樸素的小月臺、蟬聲聒耳的綠蔭山路，一路上從窗外吹來的夏日微風，還有我不知說了些什麼搞笑的話，她在寂寥的車廂竟也流露了天真的笑容，這一切在發生當下，就已經深刻而徹底地改變了命運的邏輯，我的世界有了另一種無形的懸念，讓我對黃昏或清晨，在人海茫茫或燈火闌珊的時刻有了難以言說的懷抱。

對面的女孩要下車了，這位本來也要成為皇后的女孩跟著破褲男不知要去何處？他們有足夠的愛，不需要任何祝福。而我想愛情之所以很美，或在於和命運同義：初遇時充滿未知，告別後遺留懷念⋯⋯漫長的懷念。

物質主義者的春天

有時我會突然懷念起瑪丹娜，雖然我對她的音樂所知不多，電影和設計也沒有很高的興趣，但她總讓我想起一九八五年前後的世界風華和那時慘淡的心情。

過去我周圍的人大多把她當成一個笑話，講到她時都流出曖昧的表情，我想原因是多數人都把她視作叛逆的象徵，她那節奏撼動人心的曲風、裸露的衣裝和充滿性暗示的舞蹈動作，雖然聽眾不見得理解她在唱什麼，但這一切已足以讓她成為一個爭議形象。有些女孩想學她，短髮、皮衣和一臉桀驁的神情，好像隨時可以離家出走，這些更加深了臺灣社會對她的負面觀感，畢竟那是蔣經國還在位的臺灣，保守的道德秩序始終深植人心。

我剛剛步入青春期，心中也是滿滿的叛逆，我嚮往的世界是郭箏小說〈好個翹課天〉裡的縱恣不羈，但現實中我只能當一個每天空想的國中生，大眼鏡、大書包與自卑感是我的全部配備，帶著挫折的心每天老實到學校接受羞辱，再帶著自我懷疑回家一遍一遍溫習。偶然在廣播裡或是假日的《余光音樂雜誌》中聽到瑪丹娜狂野的舞曲，覺得非常激勵人心，有種破壞道德的快感，偷偷感嘆，唉，為什麼我們的英文課不能討論這些作品，裡面的單字並沒有很難。

她有一首〈爸爸別說教〉（Papa Don't Preach），光是這首歌的名字就讓我感觸良多，我爸最愛說教，整天擔心我誤入歧途，總希望我可以博學堅毅、修身治國，因此我也很想吶喊：「爸爸別說教」，要成為聖人實在太苦了。歌曲的MV也非常有意思，和爸爸相依為命的小女孩長成為叛逆少女，和修車帥哥相戀懷孕，她天真地相信愛情能給她幸福：「We can raise a little family」（我們可以組個小家庭），那時我看過白先勇的小說〈那晚的月光〉，覺得那是非常危險又非常難以交代的事，MV中的少女為不再英俊的中年胖爸做早餐、洗碗，欲言又止，令人心痛。我為才子佳人憂薄命，擔心到數學講義都忘了寫，耳邊卻又響起我爸要我好好讀書做人、早睡早起的訓誨，人生忽焉不知該何去何從。

現在我早已忘了瑪丹娜的音樂，也不再記得當年那個慌張失措的自己，不知不覺，我也變成了那個愛叨絮說教的中年肥爸。然而在生活厭倦時，偶然聽到了她嗲聲嗲氣的金曲〈拜金女孩〉（Material Girl），忽然明白了這是挖苦物質主義的好作品，那些親她、抱她、求她、愛她、浪漫的、舞跳得很好的男孩等等，只要無法滿足她的物質慾望，她就把他們一腳踢開。

這是一個讓男人恐懼的作品，許多男人自以為自己的某些特質或成就很了不起，足以吸引異性，但放在現實中其實一文不值；這也是一個讓女人憤怒的作品，因為大部分女性只能跟這些喜歡吹噓自我的井底之蛙在一起，忍受他們的自大與小氣。這層微妙的價值觀大家都明白卻也不願道出，瑪丹娜化身極端的拜金女孩揭破其旨，霎時世間男女和口說無憑的愛，都顯得寒磣。

三十多年前尖銳批判人性與社會的虛假，瑪丹娜的意志非常驚人。如今登上網路，彈出的視窗盡屬行銷；走行市街，放眼望去無非商品，活在物質主義的世界，自覺與不自覺都是一種痛苦。但物質主義難道沒有形而上的義理嗎？

窗臺上的一品紅茶花謝落了，豔紅的花瓣恰好落滿另一盆栽，大自然無私地將一種生命的養分餽贈給另一種生命，這也許才是物質主義的崇高本質：「落紅不是無情物，化作春泥更護花」。而我想那些少年時的音樂與夢想、悲涼或狷憤，也許也化作了某種春泥，滋養了我現在蕪蔓的心。

實習老師

坐在N國中的教室裡，深秋的陽光耀眼，電扇慢慢送風，環顧四周，年華正芳，中學還是那樣擾嚷中夾雜幽靜。黑板旁的布告欄有純潔的兔子和善良的松鼠做裝飾，教室後面則是帆船、魚與飛鳥，十三、四歲的青少年認真讀著課文：「復行下船，向西盪去，不甚遠，又到了鐵公祠畔。你道鐵公是誰？就是明初與燕王為難的那個鐵鉉。後人敬他的忠義，所以至今春秋時節，土人尚不斷的來此進香⋯⋯」記得以前老師說過這是乾隆皇帝時修的祠堂，在臺上認真講課的實習老師，好像並不打算補充這個資料，我又想到當年還補充了「丞相祠堂何處尋，錦官城外柏森森」這個詩句，古代文人，總對祠堂寄託了很多感情。

胡思亂想之間，學生已經唸到了：「只見對面千佛山上，梵宇僧樓，與那蒼松翠柏，高下相間，紅的火紅，白的雪白，青的靛青，綠的碧綠，更有那一株半株的丹楓夾在裡面……」

這個學期，我奉命成了幾位實習老師的「導師」，偶爾要到她們實習的中學去看看她們上課的情況，實習老師大多認真而帶有一點緊張，看得出來她們與同事相處和睦，和同學的感情也很好，程度絕對遠勝電影《一個都不能少》裡面那位代課老師；大學教育已給予這些青年充足的訓練和磊落的心胸，她們自己也有旺盛的企圖心，要傳遞文學之美、要引發學習動機、要創造新的課堂經營……我多希望她們就是我國中的國文老師啊！

記憶裡，只有小學五年級時班上來了兩位非常受到歡迎的實習老師，那是一個還有師專的年代，來我們龍安國小實習的老師也不到二十歲吧？像大姊姊一樣，沒有老師的威嚴，卻為我們帶來活潑的上課方式和親切的笑語，結束實習時與全班哭成一片，那是美好的童年記憶。國中的國文課印象只剩抄寫、考試與處罰，文學是鐵窗外的藍天白雲，老師的冷漠一如獄卒手中的鞭棍。

而今我坐在教室後頭，聽她們教學〈張釋之執法〉、〈大明湖〉、〈狼〉、〈始得西山宴遊記〉這些經典作品，像當年一樣，文字讓我充滿對世界的想像，但課堂卻依然讓我昏昏欲睡。但我始終擔心，這條補充好像不夠透闢、哪裡還缺漏了該講沒講的典故、此刻怎麼不停下來問問同學想法、能不能更精確闡釋這一首詩的意旨何在……最後在議課時總歸一句：「妳們缺少的就是經驗啊！」步出校園，心中沉甸甸的，我們能給這些年輕人的機會實在太少了。

清純的歲月如歌，天真的中學生會懷念實習老師在班上的時光嗎？我知道實習老師絕不會忘記初次上課的孩子，我當年剛開始教學也非常失敗，但同學對我的包容與信任，甚至是關心，到現在回想起來，都是我厭倦教學時的最大鼓舞。師生關係是奇特的緣分，那不是父母的慈愛，也非朋友的情義，而是超越關係的相惜。

能讓實習老師上一節課的班級是極其幸福的……

我們相逢在極早的時間
比茉莉白花的清晨，比
薄木槿花的淡紫翼更早……（敻虹・秋箋）

作為一個夢想的起點，從某個層面來說，也就已經是這個偉大夢想的一部分了，而世上還有比立志成為一個中學國文老師更可貴的夢嗎？

國中生為何不快樂

「國中生為何不快樂？」這是最近心中浮現的問題。

有些國中偶爾會找我當他們校內文學獎的評審，看了許多稿件，無論是詩歌或是散文，我發現不少作者在天真的語境中，卻都流露出對學校生活的痛苦感，責罵、惡夢、挫折或茫然……如果做一個國中生心理健康快樂指數的調查，我想結果應該是可以預期的相當恐怖吧？而我們做大人的，明知青少年活在不快樂的情境裡，卻仍然不思作為，我感到有點罪惡。

回想自己青少年的歲月，「苦悶」的確是最鮮明的印象。無聊而脫離現實的教學內容，無止境的考試和分數評比，除了成績，一切價值都被否定的環境，我羨慕那些成績非常好的同學，那麼刁鑽的數學課外題、那麼複雜的理化變化題，他們都能一一拿到滿分，發考卷時和老師嘻嘻哈哈開著玩笑，非常愜意的樣子。像我這種天資平庸的人，幾乎早早就被升學體制放棄，在資優生面前的自卑感和老師冷言冷語的嘲諷下，學校就好像是〈多娜多娜〉那首歌中的屠宰市場，我就是那待宰的小牛。

青少年時期在發展自我認同，尋找人生方向，要全然壓抑許多不同的可能而只以單一標準來衡量他們，這就是一個痛苦的根源。而這個根源，一方面來自於傳統「唯有讀書高」的舊思維；另一方面則是來自於過去環境的貧窮。臺灣的「考試」，固然在測試你懂了多少，但更帶有分配稀薄資源的意義。成績好的，拿到的資源多，人生也會比較幸福圓滿。所以寒窗十年，帶有功利的預期心理，有時也不免破壞了真正的求知渴望和人生興趣的培養。

現在時代進步了，但這些觀念還是根深蒂固，原因就在於我這一代人，就是在這樣的思維中成長起來的，我們也會不知不覺對下一代，產生以考試成績定優劣的虛榮心，以及擔心他們得不到資源的焦慮感。因此許多辦教育的老師校長，還是覺得教難一點、考多一點、逼緊一點、玩少一點，是為了孩子好；許多家長也很認同，為了會考是A^{++}還是A^{+}非常在意。因此教改多年，制度一變再變，但學習文化沒有改變，因此補習班沒有變少，參考書沒有變薄，國中生也沒有比較快樂。

除了嚴峻的升學評比，我們的學校制度也有很多猶待商榷之處。雖說上級開放不再要求穿制服，但多數學校依然軟硬要求穿制服，而這些衣服，我很少看到設計精美、質地良好而合身的，中午在學校用餐，那外包的「桶餐」或「便當」，任何大人吃上一週大約都會受不了，要知道吃和穿，很可能就是幸福的根本。而早早七點半就要上學，弄到四、五點甚至更晚才放學，這種配合工廠作業時間的制度，對學生而言只能說是身心俱疲。附加以學校活動空間不足、許多課程規畫失敗、某些教師能力不夠，我們的中學生真是辛苦了！

大家上學不快樂，不能歸咎於某個部長或某個制度，說穿了就是因為我們大人自己不快樂，我們無形中把這些不快樂轉移到下一代的身上，我們都希望孩子不要像我們一樣在社會上吃苦，因此不免給予他們超過了他們這年紀應承受的重擔。或許我們大人可以反思一下，我們為何總是鬱悶？而人生真正的幸福與喜悅來自何處？有了這個認識以後，回頭看看埋首燈下、寫著測驗卷的孩子，也許我們會希望他放下書本，在大人的支持與鼓勵中走向屬於自己的快樂人生。

陸生

每一個名詞在人心裡都有它的價值標籤，正如對有些人來說，陸資代表經濟侵略、陸媒代表立場偏頗、陸客代表環境破壞。學期將盡，我在研究室裡也玩味著「陸生」代表什麼？

陸生是走在兩岸敏感神經上的一群年輕人，有些人期待他們能促進交流，有些則防備著開放陸生中的統戰意識。臺灣為這群「敵國」來的學生製造了一個精巧的制度，諸多限制暗示著你要來就來，不來最好，來這邊受到差別待遇或怎麼了，就自己承擔吧！在這種不友善的氣氛下，每年還是有陸生願意來讀書，天然獨與天然統坐在一個教室裡，共同承擔上上一代、甚至是上上上一代留下的歷史包袱和國族情結。講到顧隨注解毛主席詩詞時的微妙氛圍，講到詩人海子「面朝大海，春暖花開」的同聲一嘆，可能是我教書生涯裡最獨特的風景。

教室每學期總有幾位大陸來的交換生，不用點名，一望即知。並非他們在外觀上有何特殊，而是他們格外沉默、格外謹言慎行，流露出一種隨時在觀察四周的警戒感，似乎預先被人告知要低調、要本分，不要太過張揚引起議論糾紛。無論來自東北、西北還是嶺南，他們大多集體行動，群來群去，我想這也反應了某種心中的不安全感吧，我曾想對他們說：臺灣其實是一個可以放心的世界，但唯恐這是我一個在地人的觀點，會使他們更加為難。

陸生大部分非常用功，甚少缺課，總是在教室認真筆記、用簡體字寫滿考卷，用QQ信箱傳來巨大作業，學習風格有點像二十多年前，我念書時班上的優良學生。他們毫不懈怠完成學業中的所有使命，保持著一種低調的競爭力；一問之下，才知這些陸生，乃是從五十幾萬人中，考了前一兩千名才上大學的學生，有時我感到這是一股可怕的力量。但也有少數幾個十分機靈，來臺灣半年已經走遍所有景點，該吃的、該玩的，通通沒有錯過，還交了一個女朋友（多半也是陸生），學期末跑來跟我說臺灣真好，不虛此行，硬要送我一罐日月潭紅茶，說是以後常相憶，有機會還要來。

陸生中有些令人印象深刻，有個有點呆氣的同學，常戴頂怪帽子，對學術有著無比熱情，每天追逐著臺大、師大國學課程，把握各種機會與老師討論經史大義，嫻熟引經據典，沉浸在他古文明的小世界裡而自得其樂；回大陸後上了北大研究所，偶爾還寫信來抱怨老師不同意他的觀點，還有失戀的種種傷心事。另一位更妙，他原本是民國控，對「民國」時期有各種迷戀，來臺後轉變成臺灣控，喜歡臺灣的舊書店和各種影劇，覺得一切都很有深度和韻味。另有一位非常嚴正積極的男生，幾次聊天他都跟我說未來要努力向上，當一個好幹部，為更多人服務，讓我錯以為他是穿越時空而來的革命青年。

有時我很想知道，兩岸年輕人到底如何交流，但話題及此，大家似乎又有所保留，這也許正反應了那層不容說破的兩岸事實。有些陸生回去後，偶爾還會傳來電子信來問候佳節愉快，甚至還有想上研究所，希望我幫他寫推薦信之類的。就我看來，這些陸生與本地學生並無差別，都是熱情善良，對人生有著小小夢想，現階段卻又不知如何完成的青年。

我無法停止設想未來。而唯一能做的，不過就是與來自兩岸的青年一同坐在綠葉滿窗的夏日裡，讀著「溫柔之必要、肯定之必要，一點點酒和木樨花之必要」；或是一起感受「何當共剪西窗燭，卻話巴山夜雨時」。據聖人說，詩可以興、觀、群、怨，有些時候，我不免思考，一首詩對於我們沉吟的未來究竟有沒有任何幫助？

輯二　斜槓中年

收音機年代

卡本特兄妹（The Carpenters）為世界留下許多好歌，最有名的應該是〈昨日重現〉（Yesterday Once More）吧？這首歌的發行年代就是我出生的一九七三年，一開始的歌詞說：「我年輕時常會守著收音機等待我最喜歡的歌，當播出時我便跟著輕唱。」低沉的歌聲總帶我回到過去，在一無所有卻滿懷憧憬的歲月中，我就是那守著收音機的青少年。

父親有個國際牌的「電晶體收音機」，不知何時被我長期占有；什麼是「電晶體」我也不清楚，但這個巴掌大、沉甸甸的紅色小方塊，卻是我心中最完美的電器。二個小電池就可以讓它發出聲響，左右兩個轉盤，一個控制電源聲量，一個可以選臺，極簡的設計領我穿梭在雜亂微弱的訊號中，微調小轉盤對準頻道時，彷彿正偷聽著世界的祕密。

電視非常乏味的時代，廣播相對豐富。用收音機可以聽體育賽事的轉播，藉由報導記者的語言起伏來理解賽事，需要很大的想像：「洪濬正把球帶過中場，晃一下傳給禁區的許東慶，單打沒機會交出來給鍾枝萌，還是沒機會，再交還洪濬正、兩人包夾，調給底線的周海容三分出手——空心球！（夾帶全場歡呼）」那種昂揚饒舌的話語所帶來的緊張和興奮感，猶勝電視的視覺效果。隨著鋁棒擊出「鏗！」的一聲，夏天棒球的賽季便開始了，攻守轉換時總穿插「臺大補習班、明明補習班，是升學的跳板，是臺大的搖籃……」的廣告歌，美麗的長夏，就這樣守在收音機旁，一場球一場球地慢慢遠去。

然而在無數的寧靜夜裡，收音機傳出的音樂最是觸動人心，我對西洋音樂的認識幾乎全部來自廣播，當時聽到好聽的歌要趕緊抄下來，週末到光華商場去尋找盜版錄音帶，然後用那臺本要拿來學英文的碩大錄音機一遍一遍地播放。一九八〇年代是西洋流行音樂的黃金歲月，各種偉大的個人、團體或電影配樂層出不窮，非後世所堪倫比。但這偏見也許是我高中畢業後就漸漸不再關心流行音樂所致，哪一個時代沒有引領風騷的歌王呢？大學時代我關上了收音機，在現實裡尋找人生的真理與愛情，那些永恆的旋律成為記憶，留待日後緬懷。

兒時的廣播節目《平平與安安》，從來沒使人害怕過的司馬中原講鬼故事，實在都非常可愛有趣，同學們傳說聽ICRT可以增強英文聽力，但我始終只能聽懂I-C-R-T這四個字。我曾夢想當電臺節目主持人，為住在花蓮的小美點一首〈愛你一萬年〉給在高雄當兵的阿明。多年沒怎麼聽廣播，這幾年因為開車，又重新回到廣播世界。有時雨夜獨行，有時在豔陽下奔馳於高速公路，一個人的旅途有廣播相伴，無論主持人是聊股市話題或古典音樂，心情好像都輕盈了起來。這些時刻也不免想起小學聆聽著球場風雲的暑假、國中挫敗日子中的搖滾吶喊，或高中住校時的孤單。

電視適合一群人看，廣播最好一個人聽，那樣才能享有一個人的小時光，才是生命滋生微微感觸的雋永時刻。守在收音機旁，有個人一直對你說著不相干的話，關不掉的並非聲音，而是孤單；那伴隨歲月輕唱的歌謠，不知為何，總讓原本的寂寞更寂寞了。

詩意的雨點

民歌如風，拂過心頭便有了柔情萌發，傳唱校園化為一代青春的記憶。我沒有趕上校園民歌的開始，但至少參與了它的尾巴，七〇年代的民歌也許夾雜了土地、覺醒或鄉愁，有許多文化與國族的辯證。但我覺得最動人的一章，是那些描述童年或愛情的作品，〈外婆的澎湖灣〉讓我想起我的外婆，〈老師斯卡也答〉也讓我慚愧走過郵筒並沒有寄一封信問候我敬愛的老師。兒時的點點滴滴，搖盪在淡淡的歌謠裡，度過「盼望長大的童年」，也才知道在一首歌裡無憂無慮地懷想人生，是多麼幸福的歲月。

我對愛情的憧憬一大部分是來自於這些歌謠，民歌裡的愛情都純真可人，和流行歌裡「我再也不願見妳在深夜裡買醉，不願別的男人見識妳的嫵媚」這種都會化的情調大相逕庭。「如果你是朝露，我願是那小草」，完全符合賦比興的聖人詩法，也完全符合我對愛情的最初想像，兩人相知相守，便是無限甜蜜。升上中學以後，男女戒嚴，我不知道女生的心裡想些什麼，那時鄭怡的〈心情〉紅極一時，我想女生也許就像歌詞裡說的，忽然陽光，忽然下雨吧！

高中時也不免參加一些營隊活動，接觸到他校的女同學，尷尬而又期待。我記得是在日月潭的青年活動中心有一個「編採營」，那些昏昏欲睡的課程並沒有教會我如何編輯校刊，但團康活動還是滿有趣的，可惜當時我不太知道該怎麼跟這些女生打交道，細雨濛濛的天候，有人唱著：「你飛散髮成春天，我們就走進意象深深的詩篇。你說，我像詩意的雨點，輕輕飄向你的紅靨」，現在想來，當時的確「醉了好幾遍」。

我一直覺得這些詞曲的創作人及演唱者都非常了不起，這些曲子旋律簡單，一學就會，大多只運用四個基本和弦，吉他輕撥便能一起吟唱起來。歌詞簡潔卻勾動人心，「問女孩妳為何都不在乎，我的多情妳是否看得出？」〈女孩的眼神〉，青春的孤獨、羞澀與深深的失落，好像就是那麼一回事。

上大學後日子變得多采多姿，第一次知道有舞會這種東西，雖然我協調感極差，完全不知道舞是怎麼跳，但還是去湊湊熱鬧，有一首〈第一支舞〉十分傳神地表現了那個年代大學男女的心境：

帶著笑容　你走向我　做個邀請的動作
我不知道應該說什麼　只覺雙腳在發抖
音樂正悠揚人婆娑　我卻只覺臉兒紅透
隨著不斷加快的心跳　踩著沒有節奏的節奏

鼓起勇氣低下頭　卻又不敢對你說
曾經見過的女孩中　你是最美的一個
要是能就這樣挽著你手　從現在開始到最後一首
只要不嫌我舞步笨拙　你是唯一的選擇

這種「一曲定終身」的愛情現在已經日漸稀有了，在那連女生眼睛都不敢正視的年代，要邀她共舞，真的需要很大的勇氣；而不斷被男生踩到、撞到的女生還願意配合把舞跳完，應該就是所有男生心中「最美的女孩」了。

時移事往，當人生漸漸發現原來「他們說世界上沒有神話，他們說感情都是虛假，他們說不要做夢不要寫詩，他們說我們都已經長大」〈神話〉確有其事，我的心便已老去，如今誰還會說我像詩意的雨點呢？偶爾想起這些旋律，想起人生裡對愛情有那麼多憧憬的年歲，深深覺得如果沒有這些清純的歌謠帶來想像與悸動，人生不免寂寞。不過就像我很喜歡的那首歌說的：

讓時光往回走，回到相遇的時候
縱然相遇在年少的青澀，但誰說那不是愛情？〈我深愛過〉

跟著旋律走回年少，忽然覺得民歌裡的愛情才是真正的愛情：天真、悱惻、非常痴傻，一如當時的自己，非常令人傷心與懷念。

手風琴中的小河

童年的歌都到哪裡去了呢？重看了《放牛班的春天》，十五年前的歌聲與情懷，仍舊讓我流下了昨日的淚水。隨著歲月，風鈴般的音符逐風遠揚，把我們留在現實的世界裡，為了生存而日漸粗糙醜陋。看完電影，我也想起了小學時音樂課的下午，窗外的藍天、半室陽光，悠揚的鋼琴和同學們清朗的合唱，那樣單純的喜悅，連音樂教室牆上嚴肅的巴哈、愁苦的貝多芬和一臉病容的蕭邦，也都不禁微微一笑吧。

捷運站的長廊一邊通向堆積知識的國家圖書館，另一邊則是華麗的藝術之門，有國家音樂廳和戲劇院，那些國外大師，手指的剛柔間會為我們帶來完美的藝術饗宴，音樂晚會就要開始了，但我卻在此踟躕，我想聽完這位街頭賣藝老者，用他滄桑的手，在手風琴中吟唱我兒時的歌。

如果你也曾走過這裡，請佇足片刻，老人有的時候演奏的是〈歸來吧，蘇連多〉，有的時候是〈散塔露琪亞〉，我便也輕輕吟唱：

蘇連多海岸美麗海洋，晴朗碧綠波濤靜盪
橘子園中茂葉纍纍，滿地飄著花草香

這些遙遠的民謠，偉大的聲樂家深情演唱過、技藝超群的小提琴家也即興演奏過，我在CD裡細細收藏。但每次在這喧鬧的街角重新聽到，便好像有一些靜謐沉潛到我心裡，也許是歌謠讓我回想起了非常清純的年代吧！那時對遠方的國度有著不可思議的幻想，海岸與燈塔、岩壁與古堡、橄欖林與葡萄園，我年少的心對遠方充滿了渴慕，正如那輕柔的法國歌詞所唱：「孩提的幸福時光，太快磨滅與遺忘」。

老人今天演奏的是〈河水〉：「河水靜靜向東流，流過鄉村和城市。河水日夜向東流，流過荒野峽谷。河水呀！我託付你，把我的思念和鄉情，帶給我的故鄉人，遙遠的故鄉人——」好優美的旋律啊，記得小學音樂老師說過這是一首法國民謠，簡單活潑，傳唱世界。在這樣滄桑的手風琴音樂裡，我感覺自己就像那條小河一樣，這麼多年來走過荒野峽谷，也走過鄉村和城市，承蒙了許多善意的款待，也遭受了不少冰涼的對待，不知何時，心已老去，對於溫暖的善意總覺得無以為報，卻也漸漸習慣世態的炎涼；在燈火輝煌的世界仍感嘆自己如一葉孤舟，只有一條幽靜的河陪伴深深寂寞。

我們對童年時的音樂特別著迷，那音樂幫助我們提取存放在記憶深處的遙遠印象，豐富了我們對旋律的感情。俄國作家普希金在〈如果生活欺騙了你〉一詩中說：

一切都只是瞬息，
一切都將成為回憶，
而那成為回憶的，
都會成為親切的懷戀。

童年已遠，走在現實的時間裡，一邊計算瑣碎卻也十分重要的得失，一邊卻與童年的歌謠不期而遇，手風琴將我拉成永遠不能回頭的小河，滔滔奔流卻也十分懷戀與我一起唱歌的同學和教室。

琴聲止歇，沒有人鼓掌，捷運站的人群依然匆匆，我將銅板輕輕投入藝術家跟前的小箱子，感謝那樣深情的演出，他也是一條寂寞的小河吧！音樂之所以撫慰人心，難道不是偶然召喚了過去，又輕輕將我們帶去了永遠不能理解的遠方嗎？像河水。

詩人之夢

自我年輕時的夢想就是成為詩人，雖然那時我並沒有讀過許多詩，只聽過羅大佑〈光陰的故事〉：「過去的誓言就像那課本裡繽紛的書籤，刻劃著多少美麗的詩，可是終究是一陣煙」，國小、國中時也很喜歡那些小卡片，有些拍攝葉尖上晶瑩的露水，搭配「一沙一世界，一花一天堂。掌中握無限，剎那即永恆」的句子；不然就是草地和一排大樹，用行書體寫著：「小草尋找他大地上的擁擠，樹木探索他天空裡的幽靜」，此景此情，都使我回味良久，感覺什麼都沒有說，卻又有一種極大的豐富填塞在我的心中，逼使我去想像與追尋。幾年前，我讀到高行健的小說，有個男孩從鄰座的女同學那得到一張綠色的卡片，我不知道為什麼便想起我當年那些可愛的書籤。

那時我還非常喜歡理查克萊德門的鋼琴，他彈得如何我無從評斷，但光是那些曲名：〈給愛德琳的詩〉、〈夢中的婚禮〉、〈兒時回憶〉等，都讓我覺得很美，期待長大後遇到一位名字中有「琳」的女生，和她辦一場夢中的婚禮！那時對詩的想像就是這種優柔浪漫的情懷，也在文具店裡買了橫條紋的筆記簿，想自己寫點東西，但思索了半天，一個字也寫不出來。

中學以後的課本上是有詩的，每學期一課新詩，一課舊詩，但那些新詩卻實在無法使我有美的聯想，我不明白世間那麼多好詩，何以要選「讓我們更堅定不移，在北風裡站得更穩」這種大義凜然的作品，這無法滿足我對情感的浪漫想像。大家在用毛筆寫作文時，無論什麼題目，我都要引述一些完全無關題旨的詩句，什麼「青春是一本太倉促的書」、「關切是問，而有時關切是不問」之類，老師看了不太高興。有一回我讀了褚威格的小說〈一封陌生女子的來信〉後非常激動，寫週記時，便在「讀書心得」那一欄討論這個作品，照例引述了「想起愛情，最初的煩惱，最後的玩具」當作結論，老師終於忍不住把我叫去臭罵一頓，說我都沒在好好念書，這樣下去會走上鴛鴦蝴蝶派的無藥可救之路，我被「鴛鴦蝴蝶」這陌生的名稱嚇到了，那是什麼？我不敢問，只好偷偷將詩句收藏在心底，像兒時的書籤，「雲遊了三千歲月，終將雲履脫在最西的峰上」，這實在太美了，為何沒人喜歡？

年紀漸長，也才有機會看到其他有趣的詩篇，也才體會詩不僅專門言情説愛，還有很多心靈的沉思和生命的吶喊。高中、大學時非常熱衷寫詩，成了「世間東抹西塗手」，但實在沒有什麼高明的作品。現在明白，寫詩必須有分享的意願和勇氣，年輕時的創作多基於衝動，並有雕琢字句的野心；這幾年詩心雖勝以往，但卻不太願意真正提筆寫出一首詩來，杜甫説得很有道理：「老去詩篇渾漫與」，意思是年輕的時候「下筆如有神」，但隨著歲月，經歷的事情多了，詩就隨意而成，但求自在，不事雕刻。我現在多的是詩興，或説詩情，覺得處處充滿了隱喻和感慨，每件事情都讓人會心一笑，但真要捕捉那意象來鍛造詩句，又忽然感覺那些心境隨風而逝，剎那已無從下筆。

或許我終究是做不成詩人的，但能偶爾讀一讀詩、想一想那些還記得的句子，心中也覺得十分滿足。昨天在電視上看了我多年前即非常喜歡的演員休葛蘭和梅莉·史翠普演的〈走音天后〉，一輩子唱歌音沒準過的天后臨終前説：「你們可以説我不會唱歌，但不能説我沒唱過」，這話深深觸動了我，我的詩也許難登大雅，但至少我曾詩過，也愛過。

火焰的三層結構

多年來，向蠟燭學習，如何當一枚小小的火焰。

第一次知道火焰的結構是上國中的第一天，當時還需理個大平頭，穿著非常不合身的制服，過於僵硬的新書包裡沒幾本書，卻有著滿滿的惶恐，升學高壓的年代，「升國中」幾乎就是人生的分水嶺，許多童侶從此陌路，許多記憶與情感很快便被嚴格的試題與分數抹去，人生第一場戰役，現在想來非常可笑。上學的第一天其實還是暑假，那名為「暑期輔導」的課程伴隨蟬聲與搖頭不止的電扇，透顯出了某種制度性的乏味，一位頗有年紀的女老師在黑板上畫了一支蠟燭，並很快用紅、黃與藍的彩色粉筆點燃它。

學這一課首先必須知道：可燃物、助燃物與燃點這些名詞及作用，就像我在後來的人生裡，也不斷嘗試確認自己可燃否？而能為我帶來燃燒現象的物質或條件又是什麼？那位女老師自言姓「葛」，她說她都跟別人說是「諸葛亮」的「葛」，結果很多人都以為她姓「諸葛」，全班似乎只有我笑了出來，可能我的燃點比較低一點，然又或許，是許多人已屬不可燃物了。

蠟燭之火，最熱的部分是顏色幾乎透明的「外焰」，葛老師用黃粉筆為它打上輪廓，說那是因為和空氣直接接觸，氧氣燃燒完全，所以你要煮東西，和火焰尖端有一點距離加熱反而快。而「內焰」，葛老師以紅粉筆為它著色，說它溫度雖不比外焰，但亮度最亮的，能夠為我們照明的便是這個部分。我想我可能就是在此刻，愛上了蠟燭的火光，也決心要以火為師，向它學習。

爾後的日子雖然難過，低落的成績經常被懷疑此生是否一無是處，成為人類或學校之恥，當考試完畢同學晏然歡欣，準備迎向璀璨未來，獨我自向暗中，枯對心中那支蠟燭散發熒熒輝光。我亦想讓自己充滿光明，為他人驅走黑暗。倘若能去解釋、去闡述那些在暗影中不甚明確的事物，讓大家洞悉它的樣態、理解它的構成與可能性，那該是多有意義的一件事。若能進一步與世界直接接觸，提供最高的溫度，使人感覺到溫暖，或是為他燒開一壺水，泡好一杯茶——那也足以證明自我的確為人群所嚮往的美好，奉獻過那麼一點點的心力；「凡眾人以為美的事，要留心去做」。

葛老師接著說，燭火的最內部，是「焰心」，她用藍色的粉筆描繪出焰心的樣態。因為燃燒最差，焰心低溫而黝暗，但是，它卻是提供內焰之明亮和外焰之溫度最主要的部分。這麼多年來，我也將我低迴的心，隱藏在高溫與光亮之中，那幽幽的藍色或是我的憂鬱，無法供給世界所需，只是默默將蠟燭的油脂與棉蕊轉化給火焰，讓火在世人前永保優美的形狀和完美的功能。

如今葛老師早已下課，但畫在黑板上的蠟燭卻被我移植在我的心裡繼續燃燒。我當時有一來不及提出之疑問：何以吹滅燭火，會有一縷青煙直上，它們將飄去何方？如今我已經明白，終究有一天，有人將我吹熄，而我醞釀心中，尚未全然燒盡的心思或情感，便會這樣似歌似舞地化為質量輕微的語言，騰空擴散。初時，或有人凝視感嘆，但隨時間流動，遺忘便很快來到，「煙消雲散」也許就是這一課最後的結論。

向蠟燭學習燃燒並不容易，這麼多年來，在許多燭光的明滅中，我才慢慢放下驕傲，學會無須計較內焰的光能照耀多遠，也不必計算外焰的熱可提供多少能量，謹守焰心裡的那一點微溫，給笑容和淚水同等的愛與慈悲，無須評量，應該也就學會燃燒

（或稱氧化還原）這一課了吧？

杜鵑與猴

春雨淅瀝，悠然入夏，繁忙於塵寰，似乎今年沒有聽到布穀鳥的叫聲，或是我已年長而世俗，這藏在童年歌謠裡的小鳥啊！已經飛離了我天真的故鄉。布穀鳥或稱為杜鵑，中國古代總認為牠的叫聲哀切，有「啼血」之喻；而東洋則有一個奇怪的問題：「杜鵑不啼，爾當奈何」？據聞有一位將軍曰：「待之」，因以得天下。

杜鵑之外，春夏之交，往往深念園中之猴。古人稱猿啼乃「斷腸」聲，如今猿類已稀，猴族繁衍，每靜立動物園，凝觀猴子的生活。太陽下，牠們所作所為與人類並無二致，不過就是發懶、放空、無所事事、東摸西摸，偶爾因為一點小事或誤會便爭鬧起來，一番作勢，旋即恢復平靜。仔細觀察，猴子的表情與人類也極相似，就是一副在「等待什麼即將來臨」的警戒和漠然，但駐足良久，什麼也沒發生。

都說時間珍貴，然每天誠懇做事的時刻卻不多，上個廁所泡杯茶，準備資料、上網這看看那看看，忽然想起什麼便打個電話或傳個訊息，「虛應一應故事」，一個上午便不知不覺過去了。仔細斟酌，一天重要的事其實只有幾件，落在特殊的節點上，其他大部分的時候，我們都懷著一種情緒，等待這個節點的到來。虛擲在等待的時間非常多，公車捷運、每一站與紅綠燈、等咖啡或看醫生拿藥的號碼牌、該出現的人還沒出現的時刻，尚未輪到你上場的小時光，等開始也等結束，等天亮也等天黑。音樂家說把他一生彈錯的音符收集起來，可以另外開一場音樂會；若把我們耗費在等待中的時光收集起來好好利用，應該可以是另一個燦爛的人生。

但人類與猴子畢竟不同，等待中的無所事事不僅浪費，而且十分苦悶，因此人類發明了很多東西排遣無聊，例如中學時，老師要我們把英文單字抄在小卡上，等車或校長講話時拿出來背一下，但我發現那比純粹的等待還糟糕。在交通工具上，以前是書報雜誌，現在是手機平板，假裝自己正在理解世界或與人親密交流，時光就好像不那麼沉悶，等待就不算等待了。世界上最好的等待應該是「月上柳梢頭，人約黃昏後」的朦朧時刻；最煩人的等待應該是大熱天全副武裝站在市區軍營門口站衛兵，無論有事沒事，空虛都是雕鑿著生命。

等待是壓抑，大腦轉動，身體卻必須無所作為，「那件事」遲遲不發生，「那個人」遲遲不出現，都很惱人。因此在把孩子社會化的訓練中，培養耐性是一個重要的科目，成功的人多半非常有耐性，他們能優游於等待時光，無論多漫長都能不動心神，也就是對一切持平以對，沒有過多的期望也不會因此失控，只是做好該做的準備而已。因此也有一種反其道而行的人，通過靜坐或打禪七等活動，讓等待常態化，練習適應等待中的煩躁不安，修身養性成為人間一尊石佛。

猴子們的一日何其漫長，一如我們的一生。

我常想自我們出生便是在等待那個最終時刻的來臨，整個人生，就是在等待那一件大事的發生。因此我們的諸多行徑，爭名逐利或是貪嗔痴怨，做一件善事或惡事，也就是打發等待中的無聊罷了，何須認真呢？若將猴子們換上西裝，發給手機和筆電，牠們或也像一個文明社會。只是放飯時間一到，牠們便顧不得這許多講究而騷亂起來。

在等待杜鵑啼叫的時候，我似也看到了猴子們臉上的愁容與天真，古人所謂「忘我」、「悠然」，也許就是超脫出了等待的情境，暫時不去想「被擠壓在微塵裡」的人生有多無奈吧？

男人與小孩

自我有記憶以來，母親節就是康乃馨的日子，學校老師會用皺紋紙和鐵絲教我們做出紅色的康乃馨送給媽媽，那一週還會伴隨「慈母手中線，遊子身上衣」的語文教學，附帶「母親的手」這類作文書寫。母親和孩子關係緊密，在情感上依偎深遠，小時候有「母親像月亮」這樣溫柔的歌曲；長大了要出外打拚，臨別也是「媽媽請妳也保重」，至於爸爸們到底像什麼或都到什麼地方去了？令人費解！

中學以後始得答案，胡適寫〈母親的教誨〉，歐陽修的母親「以荻畫地」教他寫字，原來是「老子都不老子」的緣故；蘇東坡的父親老泉先生在外遊學不歸，小東坡讀〈范滂傳〉很感動時，只好問媽媽他以後若要學范滂為正義犧牲，母親是不是能答應？東坡媽媽很豪爽地說：「你能當范滂，我當然也能當范滂媽媽呀！」這個家教，影響蘇軾一生的決定。後來讀到王國維評論大詞人李後主，認為他「生於深宮之中，長於婦人之手，是後主為人君所短處，亦即為詞人所長處。」母親的影響，改寫了中國文學史的巨大篇章。武俠小說裡，郭靖、楊過、蕭峰、張無忌、令狐沖、袁承志、胡斐、空心菜、韋小寶甚至康熙皇帝及張三丰，成長過程中父親全部缺席，但男孩仍成為一代英烈奇男子，世界上好像沒有男人，也依然運轉得非常好，甚至更好？

男人和孩子之間的關係微妙，著名的英國兒童文學，法蘭西絲・霍森・柏內特《莎拉公主》中有一段情節，當刻薄的女校長發現淪為女僕的莎拉公主，破舊的閣樓裡竟然被妝點得富麗堂皇，她的妹妹提醒她，也許莎拉有個有錢的長輩，就是那種資產豐厚卻不喜歡女人小孩吵吵鬧鬧的老鰥夫，正透過某種管道默默資助這個小女孩，他不想現身的原因正是因為怕麻煩……不錯，正如英國大詩人亞歷山大・波普〈幽居頌〉裡面說的哪位隱士：「牛群供奶，田地供糧，羊群供給他穿著；樹木夏天帶給他蔭涼，冬天給他薪火」；「身也康健，心也安詳；日則靜處，夜則酣眠，為學休憩，合而為一，怡養精神，心無塵垢，復益靜思，最是可人」，詩裡什麼都有，就是沒有女人小孩。也許很多男人到了一定的年紀，便只想為學靜思，要他說故事或教小孩做因式分解，或是參加家長座談會，聽老師報告教學進度和班級經營，並與其他家長寒暄，討論營養午餐、校外教學等諸多繁瑣事宜，可能正是這種老紳士無法承受之輕吧！

在遠端偷偷付錢照顧侄女而不願露面的舊好男人已被時代淘汰，幾十年前便有了「新好男人」一詞，這類男人相較於舊式鄉紳的大鬍子和愁容滿面，不僅形象乾淨爽朗，且永遠微笑，開著環保、安全又舒適的休旅車帶著老婆、孩子和狗上山下海，大家都玩累了，他還能非常享受地握著方向盤，穩妥地開回到燈火輝煌的家，回顧後座熟睡的孩子，與美麗的夫人相視一笑。

男人愛小孩嗎？到底有多愛呢？

我想男人愛小孩的方式就是把自己變回一個小孩，正如童話故事裡的彼得潘不願長大，希望永遠當一個男孩，並與那些可愛的小朋友住在夢幻島上。或許，每個男人心裡都有個彼得潘，總是希望能每天快樂地優游於遊戲的世界，不必擔心事業，也不必承擔婚姻。因此許多母親非常偉大，既要照顧看起來像小孩的小孩，還要照顧看起來像大人的小孩，這也許是母親節總是比父親節偉大的原因。

但我們也無須責備這些永保純真的男人，畢竟他們還是為了愛情收掉模型小汽車，改買環保休旅車，並在虎克船長來襲時勇敢面對。倘若有一天，小王子不再惦記他的玫瑰，而變成旅途中遇到的那些市儈大人，那麼當風吹過麥田時，我們又該深深想念誰呢？

斜槓中年

日本選出新年號「令和」，強調這是第一次從日本古籍中擷取的年號，與傳統只從中國典籍中構思不太一樣。許多不服氣的網友立刻檢索出「令和」一詞中國自古有之，大有翻不出如來佛手掌心的味道。這種強調詞彙「來歷」習慣，是舊時創作的一種風氣，足以表現作家的淵博和巧慧。好的作家不僅能廣識諸多深奧晦澀的字詞，同時也能巧妙運用他們創造新意，「菡萏香消翠葉殘」與「荷花謝了荷葉殘」雖說的是同一件事，但用「菡萏」一語，意味便大不相同。清末民初西風東漸之際，「新名詞」成為文化問題，團體、舞臺、方針、壓力等我們今天琅琅上口的詞彙，在當時都是新鮮玩意兒，引起了正反支持者的論戰。這些詞彙很多來自日本，和後來的宅急便或御飯糰等，都表現了語言微妙的達意方式。

觀察時代的新詞彙頗能體會當代風情，例如早期大家都說「小老鼠」，顯然是對電腦網路處於不明就裡的狀態；前兩年「情緒勒索」一詞的風行，代表了我們重新體驗情緒與人際關係的連動，也代表了我們這個時代個人主義的獨盛之態。我近來學到一個甚具啟發的新詞：「斜槓」，這是英文Slash（／）的中譯，源於美國專欄作家艾波赫的暢銷書《多重壓力下的職場求生術》，意味當代打工青年不只單做一份工作，而是具有多元身分、多重職能才可創造多樣人生。因此每個人在介紹自我時，頭銜要加個「斜槓」以示不同身分，例如：王大頭（廚師／詩人）這樣。

這個詞在網路上非常風行，許多網頁或書籍都在教人如何當一個稱職的「斜槓青年」。這不只是多兼一份差事多賺一條錢這麼簡單，這根斜槓說明了當前青年雖為現實所迫，必須工作餬口；然另一方面，他們仍保持了追求夢想的人生，在工作之餘努力朝向完整自我的目標邁進。

仔細想來，我也可以算是一個「斜槓中年」，除了當老師以外，還身兼多種身分，例如現在正寫著稿子，或可能在週末參加一場文學座談與文學獎評審，「寫作者」應該是可以放在那桿斜槓之後，代表一個不滅的追求。又如我雖然不經營Uber，但開個小車送小孩上學、陪老婆購物、接老媽看病，來來去去也可以算是個司機；又或者有時也買買菜，做點簡餐獨享，在斜槓後面說自己是「業餘廚藝愛好者」雖然有點臉紅，也不全然失真。事實上，生活本身，就是一個充滿挑戰的職位，每天忙進忙出，失去自我，正如那首老歌，忙是為了自己的理想，還是為了不使他人失望？斜槓之後，寫上「生活壓迫下的倖存者」，也許正是所有我輩的共同頭銜吧！

斜槓青年，代表的暫時妥協於現實，卻永不放棄理想的執著；斜槓中年則正好相反，終日營營，不再有過往的意氣風發，遙遠的夢，正是那根被諸多壓力擠壓得快要倒下的「斜槓」。小時候讀過「中歲頗好道，晚家南山陲」、「晚年唯好靜，萬事不關心」這類詩歌，現在想來，王維（尚書右丞／佛教徒／詩人）是很成功的斜槓中年，他不在意主管和薪資而皈依了原本的心性，因此有了天地與詩；他就像我近來學會的另一個新詞：「無邊界人生」——什麼是「人生的邊界」呢？我不敢去想，但也許我這根被世界擠壓成歪斜的槓子，也該放下兩頭的重擔，在一塊槓子頭配白開水都能開心的意境裡，讓那些不必要的名利慾望與過多的責備，隨風而去。

一球師

人家是年輕的時候愛運動，我是中年以後才體會到運動健身的重要性。每天在操場慢跑固然很好，但久了不免乏味；健身房裡那些器械看來很潮，但左右都是一身精肉的漢子，我這種肥軟弱雞杵在一群肌肉棒子中實在有點自卑。年紀相仿的朋友常相約打網球，我雖不會，也跟去湊個熱鬧，打過幾回，深深為此運動著迷。

網球算是很困難的運動，首先要有一定的體能，腳步要來回跑，手臂要巨幅揮動，腰臀要正確旋轉，這些對關節肌肉都是考驗，非常辛苦。然後還需要有正確的擊球姿勢，然後學各種位置、步伐、技巧和球路，真要能比賽還需理解規則和戰術；除此之外，球拍的功能、各種球線的特性與鬆緊磅數，唉呀唉呀，總之就是非常有學問，但也正是如此，如何發出有威力的速球、如何打出完美的上旋球，這一切讓人有研而究之的興趣。

要學會這些，首先必須找個專業教練，我前前後後也請過多位專家指導我，都是很難得的緣分。

教我入門的H教練個小精悍，教法比較傳統實在，從最基本如何握拍、如何揮拍，講解示範非常清楚，也讓我很快就能打到球並控制球的方向。第二位C教練人高又帥，教會我不少網前技巧和細部的動作，我才知道看似平凡的球原來都有不平凡的內涵。第三位R是一位年輕女教練，球風剽悍異常，把我這中年大叔當青少年來訓練。

R教練的指導特別發人深省，第一次上課，練了幾球後，她語重心長地告訴我，說我打球太過僵硬，手臂球拍像一根棍子；她要我追求揮拍時像一根鞭子發揮出柔軟與力量，果然深奧。第二回，她要求我要放鬆，從手指、手腕、臂、膀、肩、腰，要愈鬆愈好，只凝聚在擊球的瞬間發力，「啪！球就過去啦~~」之後她就強調要積極，不斷向前，我們新手打球最怕對手球來快而強勁，不免一直退後，以空間換取時間，但她說這是不對的，她告訴我你愈敢往前，對手會被逼得退後，你才可以掌握控制權。所以每回練球，就聽她一直在旁大喊：「積極！積極！」真的非常勵志！

經過這些高人指點，我的球技依然平平，只能把球碰來碰去，撿球的時間多於打球的時間，但至少能在陽光下開開心心運動，感覺非常有收穫。仔細想想，做穩基本功、琢磨細部專業、保持柔軟、隨時放鬆和不要畏懼積極向前，其實好像也是人生的箴言，學網球除了運動，也充滿了生命的體會。

近來新認識了TS教練，他鼓勵我革除一些初學者的習慣，追求更準確的技術；常陪我打球的球友L則是傳授我一些比賽中奸詐的小戰術。我突然希望自己只有二十歲，因為對一個中年大叔而言，要學這些有趣的網球技術實在有點累人。不過想想瑞士人費德勒也只年輕我幾歲而已，至今仍是世界頂尖好手，打敗很多二十出頭的小伙子，或許我該學他始終保持積極，不斷求新求變的人生觀。

與世浮沉

南宋的費袞大約活在宋光宗前後，是一個典型的蘇迷，他仕途不順，作有一本《梁溪漫志》，十卷內容裡，第四卷全部記錄蘇東坡諧談或趣事，大約有種把蘇東坡一言一行都當成傳家寶的意思，最有名的一則是：

「東坡一日退朝，食罷捫腹徐行，顧謂侍兒曰：『汝輩且道是中有何物？』一婢遽曰：『都是文章。』坡不以為然，又一人曰：『滿腹都是識見。』坡亦未以為當。至朝雲乃曰：『學士一肚皮不入時宜。』坡捧腹大笑。」

蘇東坡不合時宜嗎？他在新黨當權時反對實行新法；在舊黨主政時又主張不要遽廢新法，兩邊得罪，都不討好，說不合時宜也算合理。《梁溪漫志》還記載了另一個故事，說他在定武做官時，有一位外型粗獷的武官寫了封啟事呈獻給他，可能是希望照顧拔擢之類的吧。一般人接到這類應酬書信不過敷衍而已，但東坡看了有趣，還找文士李端叔一起研究，問李端叔這個文章哪裡寫得最好，李端叔說：「獨開一府，收徐庾於幕中；並用五材，走孫吳於堂下。」這大概是吹捧東坡的能耐，說他身邊有徐陵、庾信這樣的才士，復有孫武、吳起這樣的武將。這話雖太過溢美，但對偶工穩，用典準確，李端叔認為此君恐怕寫不出來，可能是旁人捉刀。但東坡認為即使如此，他有慧眼能找到這麼會寫文章的人也不容易，便「為具召之，與語甚歡」。放在現實，官場上誰不是逢迎上級、欺壓下屬；對於客套文書，誰又願意多看一眼？東坡這種灑脫，的確不入時宜。

「時宜」是社會大眾、日常人情都認同嚮往的價值觀，說到底就是付出最少成本，獲取最大利益的經濟學；以及周旋於人事，最後擁有權力而不必承擔責任的政治學。認同並追求這些世間常態，也就是入於時宜。但舉凡勸諫武王不要伐紂的伯夷、叔齊，不想在老同學朝廷做官的嚴光，以亡國之臣入仕西晉卻膽敢糾彈跋扈貴族的周處，或是不為五斗米折腰的陶淵明，大概都是不合時宜的典型。

人在世間，相當為難，追隨世俗價值而圓融自我，有時難逃良心或道義的譴責；而要起身對抗誘惑，立志當一個嶔崎磊落的人，卻又覺得十分辛苦。年輕時東闖西蕩，覺得凡事沒什麼大不了，寧可衝撞世俗，不願委屈自己。中年以後，顧忌甚多，能忍則忍，不能忍時只好轉移目光，喝酒說笑、釣魚下棋，總是為了讓自己能安全地不得罪人，在亂世中追求莊子理想的「全性保生」。

近來重新翻了一遍沙林傑的《麥田捕手》，這個美國經典又給了我很深的啟示。書中十六歲的少年離經叛道，懷有純潔理想卻在現實中寸步難行，其眼中所見人世，包括他自己，都一味虛矯造作，膚淺愚昧。書末他的老師給他一句箴言：「一個不成熟男子的表徵，是他願意為了某種原因英勇地死去；一個成熟男子的表徵，則是他願意為某種原因卑微地活下去。」書中特別暗示此語並非詩人所述，而是精神分析學家的結論。或許，這正是所謂的社會化，能否分辨並遵服於「時宜」所指。

當一個人始終懷念童年棒球手套上寫的詩，總還惦記公園裡的雁鴨在冰雪的冬日何去何從，仍會被孩子天真的歌所吸引，那是美麗而注定失敗的時刻。而我現在的日常，不過就是在意報稅時的數字，退休金被砍了多少，還有健康檢查的紅字與正常值的距離幾何？掛心者無非何時可以休假，集點能換到什麼贈品……中年是悄悄隱藏一肚子不合時宜，假裝樂天知命，按時辦公吃飯。但你細看，一個中年人踽踽獨行的背影之所以淒涼，正是他為了某種原因，卑微地活著。

中年只有看山感

我在青年時期讀過香港董橋先生的奇文〈中年是下午茶〉，對於他說「中年」是「只會感慨不會感動的年齡：只有哀愁沒有憤怒的年齡」，當時只覺得對偶非常工整有趣，而今漸漸才能體會他輕快文字裡的萬千感慨。

繁花綠叢，鴻雁匆匆，時光倏忽也讓我進入這個下午茶的時刻，一些以前覺得可笑可厭的中年大叔樣態已完全浮現在自己身上，例如人家傳來活動照片，驚覺那個頭髮稀疏、眼袋下垂、腹鼓如球的傻笑男子竟然就是自己；又或者中午開會時，吃完便當同仁正對重要議題熱烈討論之際，我卻呵欠連天朦朧睡去，也不知到了第幾案，似乎隱約聽到旁邊有人說：「你們看徐國能又睡著了」。又或者是拉開櫃子，保健食品與慢性處方箋藥物放滿一層，咖啡喝了會失眠，啤酒喝了會過敏，真正步入「若能杯水如名淡，應信村茶比酒香」的境界。

下午茶是優閒的，但中年人要得閒卻很困難，所謂「上有老下有小」是也。除了工作上密鑼緊鼓催促著你，生活中也需張羅一切，吃的、用的，繳這個、付那個，開輛小車接接送送，每天也就這樣混過去了。體力嚴重下滑，忙完瑣碎的一日，年輕時還能在晚餐後打開電腦工作好幾小時，在夜深人靜時完成一些自我期許的工作，但現在很快就精神恍惚，思力下降，一篇論文可以拖拖拉拉橫越數個年度，像永無止境的壕溝戰又遇陰雨連綿。中年逼使自己向現實投降，割地賠款，那些青春的夢想和曾經的志向，那些浪漫的念頭與鴻偉的抱負，通通葬送在虛弱的哀愁裡。

胡適之博士說有個差不多先生，「凡事看得破，想得通」，「一生不肯認真，不肯算帳，不肯計較」，中年漸漸走向這種潦草度日的心態，雖然自責但也覺得這種時光仍有一點幸福。不再對於現實得失有太多牽掛，漸漸將真理與正義這些話頭沉落在心底。日子是在平凡中、在纖細處多了一種悸動；陽臺上弱小的綠葉讓我想到童年的午後，黃昏時靜謐的晚風卻懷念起許多人許多事，鄧泰山輕輕演奏的船歌聲中，想到遙遠的朋友浮沉在他們自己的浪裡，想起一本舊書裡早已遺忘的故事，剎那都使我忽然心酸，感受到生命的奇妙和豐富。

中年最適合讀辛棄疾：「相思重上小紅樓」、「別有人間行路難」、「甚矣！吾衰矣」、「脈脈此情誰訴」、「可惜流年，憂愁風雨，樹猶如此」、「廉頗老矣，尚能飯否」……都是中年燈火闌珊處欲說還休的心事。昨日偶然登眺，夕陽裡青山蒼蒼，寧靜地接納每一個來拜訪的行人，樹木動搖之間，千言萬語，如歌如濤。我想那山的凝重、肅穆與閒淡，也許正是每日看盡紅塵的境界。只是望向層層疊疊的雲外之雲，山外之山，燈火漸漸亮起的城市，也不禁要暗自一問：中年看山，看的究竟是山，還是非山？

輯三　生活在他方

生活在他方

——對自身文學史的初步解釋

立峰吾兄：

我常回想起青少年時候的一些雜蕪片段，當我走在臺北雨天的重慶南路，或是暗夜初臨時的東區。固然世事已星移物換，固然我也已經漸老於歲月的蒼茫，但總有一種熟悉的感慨源於內心深處，三十年來並沒有改變的，是我在被世界輕輕觸碰時所生的一種遙想，自己嚮往的生活究竟是什麼？

我們或許有一點年齡差距，但成長的輪廓我猜大致不差，在升學體制的安排下按部就班，從小學一路念上了博士，在無數書本與教誨的形塑中、無盡考卷和分數的摩娑下，終於慢慢長成了社會習慣的樣子。當某天學術文章也完成了業界的腔調，我們便在神祕的安排下進入了體制，開始平均每週十學分的教書生涯。庭院深深深幾許？我不知道你是怎麼將自己準確契入學院生活，每天一杯咖啡作為開端，上午的課程、中午的會議，下午的疲憊與論文修改或審查，夜晚在網路上與人搬弄之餘，開一個檔案為學校或系所寫一份爭取經費的計畫書，暢談要培養、營造、促進、增能、改善……然後是極淺的睡眠和極深的夢，清晨來到，周而復始。

都說這樣的人生無疑已經是最好的了。

幸運如你我，竟能在文字和語言世界安身立命，以清享文化智慧作為對社會的奉獻，以訴說卑微的自我感觸完成工業時代的生產活動，微言大義或大言無義都已不再重要，我們以凝視他人語言並製造語言為業，然後我們可以出席各種會議，麈尾一掃而清談終日，世界各大圖書館和資料庫就是我們相呴相忘的江湖。愉快地閱讀，盡情地書寫，世上還有比這更理想的生活嗎？我們無疑是時代的寵兒。

這樣的日子，你在少年時代可曾預先設想？我國中時只想離開那個極度功利而冷血的教室，我幾乎就是顧城筆下那個「拿著舊鑰匙，敲著厚厚的牆」的人；高中在校刊社的工作室裡，我也希望自己能當一個記者或編輯，當一個我們與高采烈去採訪的新聞主播所說的「守門人」，那時天真地相信大人的世界裡，真有一群默默為大家

「守門」的知識分子，用他們的專業偷偷保護了國家社會的純潔和正義。大學的校園中，鎮日歡樂而讓我也有了一些依戀，那時的夢想是畢業後，回到偏僻的高中母校當一國文老師，在傳道授業之餘可以和學生打打籃球，自己寫點文章，然後終老此身。但又是如何的因緣讓我變成現在的我？

少年時經過那些雨中的庭院，便懷想其中人物是過著怎樣的生活？夜裡仰望高樓燈火，也不禁推敲身在其中之人究竟悲歡如何。如今依然對他人怎麼去營構自己生命裡的每一天充滿好奇，平凡地忙碌，抑或忙碌著平凡？每個人心中理想的火焰，在冰冷的數據報表中可曾持續明亮溫暖，還是如我已成一縷寒煙。

學生時代很熱衷米蘭．昆德拉的小說，《生活在他方》雖然可能不是他最好的作品，但我始終難忘這個源自於韓波（Arthur Rimbaud）的意象。在我個人淺俗的生活下，他人或遠方永遠充滿詩意，使我有一個源源不斷去追尋的念頭。那時我愛上了完全無法理解歌詞的異國歌謠，文化背景差異巨大的各地影片，看不甚懂卻也十分有味的翻譯詩文。總覺得那就是可以讓我離開此地，到達他方的一張車票，那時沒有「文青」這個名詞，但那樣的經驗讓我幾乎可以理解，所有現代文青，企圖逃離庸俗平凡而讓自己變得更庸俗平凡的窘境；只因為「生活在他方」（La vie est d'ailleurs）。

但什麼是他方呢？我們上一次聚會，所談竟然不是臺灣文學的前途或是通俗文學裡的藝術成分，而是水波爐和鑄鐵鍋，臺北與臺中房價差異與生活便利性，還有生理上、心理上的種種病徵。我也不禁呀然失笑於我們這種小布爾喬亞的情調和中年憂患。在永康街口解散的時刻，我忽然想起十幾年前，我剛剛出版第一本書時，有一次和聯合文學主編許悔之相約在他們編輯部討論什麼事情，我在赴約前先順道在新光三越超市買了一些青菜和肉片當作晚餐材料，到了聯文，許悔之送我好幾本新書，我只好將書本擱在裝滿菜肉的紙袋裡，記得許悔之說，這才是真正的文學。臨別前他又不知從哪摸出一瓶紅酒一併塞入紙袋中，我對文學或飲食有不同的體會也許是從那時開始。裝載了青菜、毛豆、黑豬肉片、蔥、魚排、櫛瓜、番茄、詩集、小說與紅酒的沉沉紙袋，也許就是我未曾想過，但確實來到的他方吧？

所有的設想都是枉費，所有的算計都屬虛無，所有的安排都不必要，所有的結果都是意外到來。

你對生活也有這樣的體會嗎？當命運和生活絞扭為一束絲帶，我們很難分辨是命運決定了我們存活的樣態，還是我們對生活的執著與追求默默改變了原本命運的走向。因此我最近願意當一條不繫之舟，無槳也無舵，但憑河水的流動而飄盪，命運將我帶往何方，我就安適地將那裡當成最初也是最終的故鄉。

上一回在某房屋期刊上看見對你臺中新家的專題報導，我念東海時也有在臺中安身立命的想法，沒想到你卻已然完成了我遙遠的夢想。雜誌中窗明几淨的家居，書滿櫥櫃、簡約新潮的設計，我想那是多麼從容又多麼幸福的人生一瞥，我很替你高興。但隨即又想到在這陌生的城市高樓裡，你會不會偶然也有一種幻異之感，這就是你所嚮往的他方嗎？

就像此刻黃昏，我坐在電腦前給你寫信，客廳斷續的琴聲，廚房隱約的香氣，雨霧城樓，我有一盞最亮的燈，一顆最暗的心，做餅乾的討論和鄧泰山的蕭邦，都是我夢中之夢所無法織繪的。但年少的狂想難道就是一叢虛妄的薔薇嗎？不，朋友，絕不是的。我相信那對他方的渴慕，一如信仰，都成為心底的詩，靈魂中的樂音，生活在寂寞時偶然閃現的靈光或憂悒，它們為我目前所遇所安之一切，塗上了一層神祕的色彩；那無可言說的懷念，無法企及的遙遠，在我索然而務實的成長歲月，可能就是我一切文學的最初原因。

數點梅花天地心
——數位時代的閱讀回憶

立峰吾兄：

有人說我們來得太晚，世間的語言都被前人用盡。

因此我們只能活在前人的語言中，自覺或不自覺地模仿他們的用字選擇、組織模式、腔調習慣，甚至看待世界的眼光、懷疑萬物的方法……我們的寫作只是對諸多前人挪借拼貼，將偷來的布片縫綴成一襲自己的新衣，只有針線和手可能是我們自己的，其他一切都來自於文化。你有發現嗎？來到這裡的作家們多少要談一點自身的閱讀經驗，或許，寫作離不開閱讀，正如火焰之於木柴，寫作是閱讀到了某個程度必然發生的劇烈氧化。不過，所有的閱讀初始並不為寫作，而是為了單純的快樂罷了。不知你還是否記得，國中有一課〈四時讀書樂〉，作者是宋元之間的翁森，詩中分別寫出春夏秋冬讀書的樂趣，裡面有一些耳熟能詳的句子，例如「好鳥枝頭亦朋友，落花水面皆文章」。小時候當然也聽過這兩句話，但不曉得是誰說的，更不能相信那是詩句，也許是因為它太過順溜工整，很像寫在山腰涼亭柱子上的對聯。不過如今想來，這篇作品談讀書，談的其實是對「道」的體悟，但書中的大道通向何處？我過去不明白，現在曾經想要緬懷年少歲月，用翁森的《一瓢稿》來寫一篇學術論文，但在國家圖書館論文系統中一查，發現對翁森的研究至今掛零，心中震懾不已，原來他自南宋滅亡後一直隱逸到今日，即便作品登上了中學教科書，仍然滿足於做一個不涉世事的教育家。

翁森在每一首詩結束前都要來一句俗氣的「讀書之樂」如何如何，這有點像師長講話，時時扣緊人人知道但不一定做得到的命題。翁校長讀書是醍醐灌頂、法喜充滿的；但作為學生，我愁苦地面對記不得的英文單字、解不開的數學方程式，小考在即，老師凶狠的目光下實在無法有什麼求知的喜悅。不過拋開這些惱人的教材，在課堂內外暗中閱讀一些故事或詩篇，的確是我難以忘懷並受惠一生的經驗。

人的記憶能及於幾歲之前呢？我到現在還記得應該是在小學一年級時，從學校借回來《撿到一毛錢》這本圖畫書，一個小男孩在草地上撿到了錢，問遍農場動物，才發現錢只對人類有意義。我太喜歡這本書了，整天看了又看，可惜家裡的父母姊姊都沒有人願意和我共享，我好像忽然變成了書中的小孩，既感到發現了什麼的興奮，又體會了無人理解的寂寞。

又如小學時代另一本讓我愛不釋手的作品是《小冬流浪記》，作者是以撰寫抗戰文學起家的謝冰瑩女士。這可能是依據她真實經驗所完成的唯一一部兒童文學作品，全書寫來溫潤晶瑩，全無她抗戰文學的烽火英烈之氣，而且書中的場景就在我家這一帶，15路公車和北師附小，植物園和電影院，原來我的生活圈中，有那麼多豐富的人事和情感，而我也為「小冬」這個與我年紀相仿，卻可愛可敬的少年感慨良久。可惜這本深具時代風情味的小書好像也沒有太多人喜歡，目前竟已絕版，現在想多看它一眼也不能夠了，兒時讀書，真可謂「當時只道是尋常」！

我的童年臺灣經濟或已起飛，但富裕的雨露並沒有滋潤生活，書報是當時最便宜的娛樂，也可以說是窮人家最可貴的資產。若說孩提時代的閱讀對人生有一些重要的貢獻，我想那並不在於道德或智慧的開啟，而是在於書本揭示了文字可以理清、表達腦海中的狂想，讓一個孩子無邊無際的幻想找到一條有理可循的出路。有時我不知道是我駕馭著文字，還是文字駕馭著我？一般人都說寫作是用文字來捕捉心靈幽渺的意念，但事實上更可能是所有憑空的斷想，最後都必須順從於文字的規範和節奏才得以彰彰。

回想起來，閱讀也可以說是命運的安排，生在什麼樣的時代，長於什麼樣的家庭，便會接觸什麼讀物。我們家裡信基督教，片片斷斷地讀過《聖經》、《詩歌》和《荒漠甘泉》，這些書裡面除了信仰的意義，給我最大的啟示是書中語言奇特的節奏和美感：「他要像一棵樹栽在溪水旁，按時候結果子，葉子也不枯乾。凡他所做的盡都順利……」

這些詩句並不深奧，但說話的決絕感卻有奇異的力量，好像是長老、君王或天使長加百列在對眾人訓示，中間沒有一絲商量的餘地。男女老少一同誦讀時，頓挫有致，恍然進入集體冥思，正所謂「宗教的力量」。我上了大學才唸過佛經，深刻感受到兩種宗教語言的差異：「如是我聞。一時，佛在舍衛國祇樹給孤獨園……」翻譯此經的鳩摩羅什是西域人，卻也能用相當優美的漢語表現了佛陀某日的日常，以及接下來充滿靈智的問答。對語言韻律之美的體會有時是我閱讀最美好的一部分，那些聲音裡的態度或時代風味，往往便能讓我浮想翩翩！

長大之後的閱讀和長大之後的戀愛一樣，匆促而帶有功利性，想知道些什麼，想學習些什麼，便在書頁裡尋覓答案。歲月恍惚，忽然間數位時代來臨，我在網路上閱讀的時間愈來愈長，真正拿起一本書的機會反而少了，尤其許多書的字跡太小，對我的眼睛來說已經漸漸吃力了。而電腦螢幕就是波赫士的《沙之書》，一本沒有起點也沒有終點的巨大作品；寫滿文字、畫著圖案，卻對人類文明完全無意義的一本實體書本。

速讀時代，閱讀數量大而質劣，經典隨時更易，許多我鍾愛的作品，對現在大學班上的同學已顯得遙遠而陌生，我好像忽然又回到了小學一年級《撿到一毛錢》的心境裡，徒然懷抱著一種美麗的心，卻深感寂寞。

你也會有這種失落感嗎？

上一次你問：「文學有何用？閱讀又有何用？」

我幾乎同意了你的無用論，但回顧自身，像我這樣因為文學而得到救贖的人，沒有文學，又能何去何從？放逐了閱讀，人生剩下來的時間該拿來做什麼呢？

翁森在他寫冬天讀書的那首詩裡，用「數點梅花天地心」來總結一切，你看，一切生命都走向消逝，在一個嚴寒的季節裡，死亡與虛無成為常態。但無論如何，天地還是留下了祂並未遺棄人類的心跡。網路喧囂、媒體氾濫，庸俗的閱聽現象也許正是文學嚴冬，寫作便是時代奮力開出的冰霜之花，但誰還願依約踏雪尋來，用一行足跡為它寫一首庸俗而凜冽的詩？

一壑能專萬事灰
——論追尋

始終覺得白先勇的小說和喬伊斯有神祕的聯繫，那篇〈上摩天樓去〉寫到了師大小禮堂，寫到了一個女孩的孤寂，但我覺得神似喬伊斯《都柏林人》裡面的那一篇〈泥土〉，兩篇作品都寫了旅途、親人的聚會和無可把握的人生悲歡，連最後結尾的方式都很像，〈泥土〉中的女主角瑪麗亞忘情地唱到：

我夢見住在大理石府第，臣子和僕從侍立相向。聚集在宅第的人群濟濟，我是其中的驕傲和希望。

我的金銀財寶其數無限，我能誇耀出身門第高貴，但最令我歡欣的是夢見，你愛我依舊情意深邃。

而白先勇則設計〈風鈴草〉這個蘇格蘭民謠作為結束，小說中沒有寫出歌詞，但我童年的印象中是：「海水深、磐石牢，我們的友情永不凋」，是啊，如論人間的繁華多麼盛大，潛藏在我們心中的願望有時卻是最卑微的小小情意罷了。

就像六朝時期那首非常瀏亮的〈河中之水歌〉，一個榮華絕倫的女孩，最後在富貴中仍然遺憾「恨不早嫁東家王」，在物質與虛榮上得到滿足後，竟後悔沒有與青梅竹馬的情人廝守一生，那些人人稱羨的生活似乎不值一哂，這讓我們必須追問，為什麼人生汲汲的追求與最終的嚮往，總是存在那麼巨大的落差？而蕭衍權傾天下，卻寫出這樣的作品來，是不是也感慨於無常之幻滅呢？

還記得我們要去申請的那些研究計畫嗎？除了說明研究的動機與目的，還要詳細填報自己近年的研究，對國家社會有何貢獻，對經濟成長有何幫助？我面對空白的表格遲遲無法下筆，忽然有了奇怪的念頭：「我是為了追求什麼而必須在此刻面對徒然的自己」？

我們無法窺探命運，但總有一些神祕的安排呼喚我們來到此處。文學之美令人陶醉，但又是什麼機緣讓我能領略其中甘醇，而最終必須走上去閱讀、去理解、去闡述、去傳布的道路？企圖找到美的奧義與感動的原理，可能是我最虛無也最真實的追求了吧！

我不知道你是不是和我一樣，在年少時喜歡敍事性的文體，常為裡面展示的人性衝突感到激動，為個性與命運的糾結而心情跌宕，久久不能自已。但現在卻慢慢喜歡抒情詩歌，尤其是古典作品，簡約的字句蘊含無限可親可愛之思；如果說情節豐沛的故事是盛宴上充滿巧思的美食，那麼一首詩，就是一杯如甘露般的美酒。然而這兩者又非對立，敍述性的故事和抒情詩篇其實一體兩面，前者先用人物和細節給你曲折的情節，最後才為你揭示真理；但後者則是先在你朦朧的年歲給你一個似懂非懂的答案，讓你在漫漫人生，為這個答案尋找最適合的情節。有一天終會發現自身當下的處境，原來就是兒時讀過的一首詩，那時的感動與悲哀、惘然與欣悅，唯有親身經歷者能夠知曉。

我近來也感受到過往追尋與當下人生的巨大落差，記得年輕時讀過蘇東坡寫在儋耳（海南島）的詩：「**殘年飽飯東坡老，一壑能專萬事灰**」，當時很苦惱的是詩裡面的典故，「殘年飽飯」原是杜甫的句子：「但使殘年飽喫飯，只願無事常相見」，只要有得吃，吃飽與朋友相聚就心滿意足了；「一壑能專」則是西晉陸雲的賦篇，說：「古之逸民，輕天下、細萬物，而欲專一邱之懽，擅一壑之美」，蘇東坡用這樣的詩句來寫出他在海南島的荒蕪心境。以前讀的時候，專心於查閱和記誦，也想：一個老才子被貶到這麼荒涼的地方，親故零落、才幹徒然，心裡難過是應該的。而我當時意氣最盛，對這些只想吃飯鬼混的生涯不以為然。但我最近忽然想到這個詩句，「萬事灰」三個字咀嚼起來特別有味，我不知蘇東坡指的是萬事如灰如塵無可眷戀，還是每一件事都使他心灰意冷？

也許中年的憂患就是如此，覺得「有」是一種累贅，「無」是一種解脫。在孩子的世界，去爭取一項頭銜相當令人著迷，可還記得當上模範生和領到市長獎那些心胸漲滿的時刻？青年的世界，偶然獲得一筆獎項或補助，便感覺在榮譽上受到肯定，經濟上得以寬紓，是大好的理想狀態，若擦肩而過便覺十分可惜。但到了現在，正是詩人所謂：「陽臺、海、微笑之必要／懶洋洋之必要」的時候，常希望自己能適當地成為一抹融入背景的灰影，而不是突兀成一道被顯現出來的閃光；常希望自己有著冬天一樣的保護色，以迎接凜冽的來到。

此刻回想起從前對於人生的想像，忽然有了今夕何夕之感。兒時所夢所想，完全都是大人世界的期許，不外上大學，還有「做大事」，總是聽人說起這些事情的美或尊榮，總是在訴說者的臉上看見光與希望。但我連上高中都十分困難，一點小事都辦不好。全國同年紀的學生有一條虛無的分數線，我在那條線上或浮或沉，用盡可能，掙扎著露出口鼻，盼能深吸一口自由與希望的甜美空氣。上大學後我想擁有自己的生活，可以自由讀書、寫作、戀愛和賺錢，甚至留很長的頭髮和抽菸喝酒飆車都沒人管，這些無聊的事滿足我一切從書本中獲得的想像，以及從他人那裡聽來的人生景觀。然後環境逼著我爭取出類拔萃，得到比別人更多的矚目和成功，我發現那能換取利益，即使非常微小，但對我的更小世界而言已經十分巨大，可以一口氣買下十來張我每天經過唱片行都去看看的唱片，對當時而言就是成功與滿足。

然後我得挑戰現實，像一個跨欄選手一樣，在時間的流動中跨完別人擺好的一欄又一欄，意有所指，心無旁騖，然後到達一個非常荒涼的終點；然後追求電影或偶像劇裡的幸福，用水彩塗滿薄紙糊成的房屋，對人假裝生命如此繽紛。

「河中之水向東流……」詩總是從一個很遠的意象開始，一如所有人生的追尋。如今我坐在這裡回憶這些往事，感到自己一無所成，「一壑能專萬事灰」竟成了微妙的讖語，妥切地描述了此刻。所有的詩都是人生的預言，只待我們親身驗證，就像現在，我在一些尋常的小事物裡找到寧靜與美，淡忘過往的悲辛、世間的營營，這難道不是一種非常幸福的寂寞嗎？

語言如錘亦如風

——論溝通

立峰兄：

江弱水在〈細讀清真〉一文中提到了生產力和文學的關係，用紡織業的發達來講周邦彥詞，我們今天的文學也脫離不了產業結構，一般分析師都說股市行情是經濟的櫥窗，但作家們看來，股市又何嘗不是文化的櫥窗？上市股中有「文化產業」一類，其中三貝德（8489）今年一開盤就突破三百大關，是許多金融股的三十倍以上，可見雲端課程和個人化學習是未來大勢所趨，大學裡文化教育科系的分數超越金融相關是指日可待；表現略差的誠品生活（2926）也將近一百四十元，你我與眾多文青常在裡面買書吃飯，貢獻臺灣經濟成長絕對功不可沒。不過投資人不妨觀察中華電信（2412），它的股價在二〇〇二年時不到五十二元，幾十年間穩定成長，二〇一七年雖有下殺趨勢，但年底仍維持一〇七元的價位，對手臺灣大（3045）也不遑多讓，股價來到一〇八。這幾間憑藉溝通需求而存在的公司，自信人類存在，溝通就存在，電信業就有其榮景。古人傳遞訊息的方式很多，雁足、月亮、季節或風雲，都十分不可靠地為情人遞送消息，但今日非得倚賴電訊設備不可，因此電信業者把超速光纖探入世界的每一角落，數位串流起所有生活，每日聞見，都須仰賴它們，包括我們現在的創作和你提到的「體驗經濟」，漂浮在數位的婆娑之洋，生命雖是一座孤島，沙灘上卻也堆滿訊息的垃圾。

訊息交換是生物本能，人類想蓋巴別塔，首先要有快譯通。但我對溝通的理解原初是物理性的，在龍安國小五年二班時，老師分配我拿著一隻長柄刮瓢（一個有很多小圓洞的盤形鐵片），把掃地區域的水溝通一通，主要是清除樹葉、泥巴、塑膠袋之類的，老師說水溝通暢颱風來臨時才不會淹水。然而這事如今看來卻充滿隱喻，有溝有通水才能流動，但自然課又告訴大家水往低處流，我發現溝通原來不是雙向的，而是有高處和低處，有發話方和接話方，能逆流而上的只有蔣公的小魚和櫻花鉤吻鮭，溝通時，一方說：「可是——」，另一方說：「不要那麼多可是了」，誰高誰低便十分了然。

然而這種古典時代的溝通幾希矣，自從「世界是平的」以後，溝通強調傾聽、接納、同情、同理，水波雙向流動，正如我的好友李崇建這幾年從教小朋友作文到推動「薩提爾模式」的心靈互動，有冰山理論和應對姿態等複雜操作，將溝通化為一種藝術，為青少年解開情緒糾結。而網路平臺、社群網站的出現更讓溝通渠道改觀，此溝不通那溝通，這廂話不投機，那邊可是一片叫好，你說的同溫層現象或許就是如此，水只往他想流的地方流去，發出訊息不再是交換意見、修正自我的歷程，而是尋找認同，得到讚美的實踐。

人一半活在物質世界，一半活在象徵世界，各種符號所形成的話語流動起來便是思想載體，遠古先民用繪畫、用結繩來溝通，那時的符號粗陋，象徵簡單，多少心思與情感都必須仰賴實際的動作表情，正是〈毛詩序〉所謂：「不知手之舞之、足之蹈之也」。隨著文化精微，字義繁生，輔以禮樂制度之下，高度文明，不再強調表意的清晰準確，而喜歡帶有更多想像和詮釋上的可能性，說與聽之間，會意高於指事，更高於象形。雅俗之判，據錢鍾書的意見就是不能過度，保持在一個微妙的瞬間心領神會就是雅，例如孔子聽完學生各抒懷抱，一句「吾與點也」，說明了他的人生觀，再要追問不休，便落入領悟很慢的樊遲之輩，或呆頭呆腦的司馬牛之流，前者孔子說他是小人，後者《史記》稱他「言多而躁」。

在會心文化的風行下，溝通晉升為藝術，要先能誦詩三百，理解時代文化的底蘊和隨時敏捷的應答能力，同時還要深諳禮樂制度，可以辨識出琴聲中的高山流水，說一個人「談吐風雅」，其實就是他的溝通能力不一樣，行所當行，止於至善。我們熟悉的《世說新語》幾乎是專講溝通的作品，從心胸、智慧、品德、言詞等各方面展現溝通的藝術，第三卷裡記載決心依附司馬家族的才子鍾會與一群「賢儁之士」去柳林中拜訪嵇康，嵇康打鐵「揚槌不輟」，用行動表示了蔑視；鍾會自討沒趣要走，嵇康卻丟來「何所聞而來，何所見而去？」的難題，鍾會答以：「聞所聞而來，見所見而去」，展示自己具有任意闡釋嵇康言行的權力，隨時可憑此權力消滅嵇康，兩人的溝通到此為止，語言彼此傷害的力量，不亞於嵇康手中那柄鐵鎚。

不過這種會心之論後代也成為遁辭，熟諳世故而不願表態的鄉愿者，往往藉此故作高妙，該發言時以「不可說、不必說」含混帶過以求保身，林語堂在一九三三年以

〈國文講話〉一文嘲諷當時知識分子對國家社會的無感，對「曲達」、「吞吐」、「輕鬆」這些話術背後的姑息心態感到憤懣。然而這何嘗不是當今的網路文化，雖不認同，但不必多言引戰，按個讚或貼個爆笑圖鞏固友誼，為將來見面留下餘地。因此溝通，其實是無法溝通的寫照，如果已經相互理解、彼此包容進而體諒或協助，那就是莫逆於心；需要拿到會議桌或申訴專線上來討論的事，基本上都是缺乏共識而必須仰賴更高權力來裁決了。

但文學或藝術難道不是最積極的溝通嗎？

「萬古長空，一朝風月」，在藝術作品完成前，那些深邃的意義即已存在，我們的作品只是偶然輕觸，甚或誤讀了它。我們打造文字的迷宮、絮語的花園，難道並不期待在字句裡完成傾訴與和解，以微笑或淚水重拾愛與省思嗎？寫作所象徵，是不懈地理解世界，同時又被他者所理解的夢想，一如在荒涼沙漠中，持續向宇宙天際發出微弱訊號的電臺，也許有一天會有懂得那訊號的外星人前來造訪，餽贈或毀滅這個基地臺。然所有寫作者應該都並不覬覦高科技的贈與，亦不懼怖大規模的毀滅，因為寫作終究是對自己內心低語，企圖釋懷成長過程中的不堪與憂傷；那和真純自我的祕密溝通，無論外人怎麼詮釋，在書寫的當下，對我來說即是永遠不垢不淨的孤獨旅程。

愛情，是我在這世上最最不懂的事

立峰：

張愛玲的小說和同類型的外國作品相較，我總感覺有點遜色，〈傾城之戀〉或〈第一爐香〉終究比不上《傲慢與偏見》；〈琉璃瓦〉和《屋上的提琴手》這兩個嫁女兒的故事放在一起，張愛玲的深度和厚度也差了不少。不過不能否認，現代華文世界裡寫愛情與婚姻最有影響力的應該還是張愛玲，「**我愛你，關你什麼事？**」「**噢，你也在這裡嗎？**」這類詮釋愛情的靈犀雋語，彰顯了她對語言和人生兩方面的敏銳。尤其是世間多少庸脂俗粉的言情文學，往往空言愛情之可愛而不提婚姻之困難，張愛玲則不僅生動刻畫婚姻的窘態，還能藉此表現人性中的無聊，進一步質疑愛情與婚姻的價值何在，這也許是她讓人回味無窮的原因吧？

你說這次要談婚姻中的男人，這是個大題目，讓我惶恐。

過去談婚姻、談愛情好像是女作家的專長領域，「**愛情，是我在這世上唯一懂得的事情**」雖是蘇格拉底說的，但真正將此語發揚光大的卻是女性；而你提到的「紅毯」系列更是婚姻書寫的經典。男作家身在婚姻中，或是優游自得，「帝力於我何有哉」？或是敢怒而不敢言，只能在酒後唱唱陳芬蘭的名曲〈男子漢〉：「**勝敗是運命，何必凝心。一生總有一擺，得意的日子……**」男作家頂多聊聊岳母或女兒，結尾大多滿懷感恩。仔細想來，張三丰、尚萬強這些宗師或豪傑都是單身一世，婚姻中的男人在文學裡不外兩類：平庸無趣等著被背叛的好男人（例如《藍與黑》裡面的張醒亞），邪惡自私等著被懲罰的負心漢（例如《包公戲》裡面的陳世美）。世間安得雙全法，以上一個世紀來說，有沒有可能出現一個結合《飄》（*Gone with the Wind*）這個故事裡面，正派紳士衛希禮和邪派船長白瑞德的完美男性；或是本世紀是否可能出現一個沒有陰影的正常格雷？

相較與這些偉大的男性，我只能自嘆既無當紳士的資質，又無做壞蛋的勇氣，在婚姻裡只能庸庸碌碌，無為而無不為。迪士尼經典童話中，公主和王子從此過著幸福快樂的生活，而我竟然已經享受了十幾年這種「幸福快樂」，歲月恍惚，幾乎不明白也不能記憶這幾十年是如何流逝的。

我們身邊不少朋友都看過《愛在黎明破曉時》（*Before Sunrise*）、《愛在日落巴黎時》（*Before Sunset*）、《愛在午夜希臘時》（*Before Midnight*）這一系列電影，女主角茱莉蝶兒翩翩老去，風華猶在卻也讓我們感慨徒生。一九九五年，第一集安排青年男女在維也納邂逅並訂下約會，那是愛情的浪漫萌生；二〇〇四年，第二集描述當年錯過約定的兩人在巴黎重逢，那是此情不渝的完美結局；到了二〇一三年，已婚的兩人在希臘討論如何繼續相處下去，還是就此放棄婚姻？美麗的人生伴侶終究無法通過現實的考驗，婚姻不是永遠能漫步於長街或星空下，暢談生命與藝術就能維持的。

電影第一集上映時我才剛剛從大學畢業，人生躍躍欲試，尚且信仰「愛是付出，不是占有」；二〇一三年時，我已成為一個四十歲的中年人了，在外橫眉冷對千夫指，回家俯首甘為孺子牛，偶爾吟詠「愛情太短，遺忘太長」，偶爾對著「夏天的漂鳥在我窗前唱歌，又飛去了……」而怔忡不已。

就像電影裡兩人不可能永遠保有戀愛的神祕浪漫，我們必須面對婚姻與家庭中的一切紛擾，金錢的度支、孩子的教育、生涯的發展，乃至於衛生的習慣、往來的朋友、假期的規畫……等，慢慢都凸顯出價值觀的差異，戀愛時多能包容的事，到了婚姻裡往往變成難以忍耐；要妥善兼顧彼此信念與情緒，讓一切圓融而和諧地持續下去，那實在需要雙方很大的智慧。據說日本有些女性認為退休後的男人類似大型家庭廢棄物，要扔掉很麻煩，堆在客廳又十分礙眼。初聞十分驚愕，但細思不無道理。鎮日閒在家裡而缺乏自覺，只會耍脾氣、鬧情緒，以自己的尺度為一切標準，究竟還有什麼不凡的魅力可以勝過一臺走音的鋼琴或一張被貓抓爛的沙發？這是我深以為憂的一件事。

有人說「習慣」是維持婚姻的重要因素，但我覺得這是對「婚姻中的男人」而言，十幾年來我的確漸漸習慣這樣的生活步調、飲食口味與家居擺設，也懶得花心思更改或重建一套新模式；但對婚姻中的女人可能相反，我覺得她們期待更多創造與驚喜。因此「自在的懶散」而導致的「乏味與齷齪」，是婚姻中的男人一大硬傷。這裡我必須說一下偉大的杜甫，大家說他是詩聖，唯獨梁啟超卻說他是「情聖」，眼光的確不凡。那一年安史戰亂，杜甫又得罪了新皇帝，狼狽離開朝廷，懷著憂傷的詩人一路顛沛，到鄉下找尋失散許久的妻兒，在上吐下瀉中見到妻子，竟從包袱中捧出高級衣料和化妝品，讓妻子重拾美麗的光輝。朋友，我們學古典詩的，這一節要好好參詳，也許真正的詩人永遠能讓妻子忽然燦亮起來，無論用一行詩，或一顆鑽石。

婚姻中的男人大多沉默，就像一片包裝精美的黑巧克力，來自於陽光和雨水的天然世界，在日曬與烘烤過程中脱去酸味，風乾成熟，在燦爛的外表下有黑色的幽默和易碎的心。仔細品嘗，當能體驗他憂鬱的苦；慢慢理解，總能有深遠的回甘。他所思念的是遙遠的夏日深吻，他所遺憾的，是海浪擦去了所有往日的行蹤。他所需的不多，大詩人瘂弦早已說明：

溫柔之必要，肯定之必要

一點點酒和木樨花之必要

唯獨在婚姻中，這些往日情懷都將日漸稀有，於是他可能會在夜幕低垂時想起納京高的經典名曲〈秋葉〉：

The falling leaves drift by my window
The autumn leaves of red and gold
I see your lips, the summer kisses
The sunburned hands, I used to hold

落葉滿西窗，秋深紅映黃。
朱唇舊吻在，執手已冰涼。

而在滄桑的歌聲裡，婚姻中的男人也不免懷想，在酒杯的幽暗與燭火的搖曳之間浮沉不定的，是愛情，還是寂寞？

輯四　水色昨日

給無以名之的美麗

那位程式語言天才在演講中提到世界在數位浪潮下的改變，PPT上秀出了統計數據，柱狀圖表下端的實體唱片銷售量用綠色表示，上端為數位下載的銷售量，以紅色表示，很顯然，從二〇〇〇年到現在，綠色漸行漸矮，紅色反之，遠遠看去像一支排笛，你想伸手將它從投影螢幕上取下來，吹奏一曲一九八四年義大利黑幫電影《四海兄弟》（*Once Upon a Time in America*）的配樂，用淒涼幽曠的樂聲送走你和唱片音樂的輝煌時代。

唱片行曾是你心中的美麗世界，無以名之。那麼多的音樂放在木頭的櫃子裡，各種滑稽的分類，西洋音樂ABCD，國語歌曲ㄅㄆㄇㄈ，用手一一摸過，就可以感覺到歌聲的悠揚、琴弦的震顫，結帳櫃臺前小小的架子上擺著店內正在播放的樂曲，紮著馬尾的清純女孩忙著上架，破T恤的長髮男負責結帳。玫瑰與槍的海報和聖誕節燈飾，小小世界也自有風景；所有來這裡逡巡的人都是無害的愛樂者，懷著善良而美好的心。

每一張唱片都是一個故事，那些樂手誠心為你奉獻心靈之聲，你將在這與他們相遇，那是多麼奇妙的恩典；但你太窮了，沒有辦法常常購買，但看看唱片封面的介紹也算享受，能試聽一下就算賺到。

一九九三年的夏天，二十歲的你想要有一間小小的房間，書桌、床鋪、書架與一幅夏卡爾的複製畫。窗外的樹上偶爾可見吟唱季節的翠鳥，抽屜裡放著信封和郵票，簡單的音響播放剛剛從唱片行買回來的ＣＤ，絕不是張學友或周華健，異國的語言、陌生的旋律，一點點對追尋的遙想。還有一本夾在ＣＤ裡的小書，寫滿看不懂的文字和幾張照片，你知道所有做音樂的人都有很多話想分享，你尊敬他們，在他們的音樂裡快樂而滿足，像一排琴鍵。

程式語言天才說你買了唱片，也放不進手機平板，數位串流隨時隨地都可以聽，這樣誰還要買ＣＤ呢？

唉，不是這樣的。

二十歲的午後，一個人在學校旁的破餐廳吃完麵，逛幾十分鐘唱片行，用所剩不多的錢買一張《遠離非洲》的電影配樂，天空那樣藍的下午，一無所有的房間，你突然感到十分寂寞，你知道世界有很多繁華的遠方，但你不知道自己能去哪裡。

唱盤轉動，歌聲吟哦，若遠似近的日子紛紛落下，音符成為拍打生命盛夏的冰涼潮汐，你在心裡也悄悄完成了悲哀樂章，多年後為它命名為：給無以名之的美麗。

追憶似水年華——中年文青的回憶

也許是一種貶抑與嘲諷，「文青」這個名詞近來和什麼「小清新」、「小確幸」等似通非通的名詞常出現在眼前，網路上有簡單版和繁複版的文青測驗，稍微對照一下，便可發覺自己的「文青質」純度有多高，無論如何都不免自我挖苦一番。其實哪一個時代沒有那樣的一群人呢？對於庸俗之世有一點反感，想要追求一些不一樣的價值或品味，這樣的「反俗為雅」也許便成了一個典型，在後來跟風者刻意地模仿下，這群人就不免「雅得這樣俗」了。

當代的文青似乎有一種弔詭的特質，也就是他們既不認同商業文化與庸俗消費，自己卻不自覺地成為了另一種商業操作下產生的消費族群，什麼文青相機、名牌黑框眼鏡、素潮T及MUJI的文具等等，「文青」一詞說穿了還是資本主義提供對某種虛榮心的滿足，尤其是透過買賣「文化」、「品味」等這些資產階級所標榜的價值與嚮往的生活，並藉此來區隔於他們和普羅大眾間的差異，以獲得並展示其優越感。因此我與我的同儕在二十歲時，固然可以算是熱衷文藝的青年，但因為我們普遍窮困，逛二手書店的機會多於上誠品，吃自助餐與喝三合一罐裝咖啡是常態，故不僅沒有什麼消費能力與優越感，其實多少都還懷抱著一些自卑與寂寞，與當今文青差距甚多。

我們那時的文學青年多是從高中校刊社開始踏入文學之旅，那時在校園中多還稱為「文藝社」或「青年社」，既浪漫又熱血，我們開始在學長的帶領下讀一些根本看不懂的三島由紀夫；或在學姊的策畫下去訪問拍了「我有話要說」廣告的「意識型態廣告公司」，那些活動和教官室發的公假條，讓自己突然間就和班上其他同學有了一些微妙的不同。上了大學，各種奇怪的名詞填滿生活，社團裡永遠穿著涼鞋的長髮學長總是把疏離、焦慮、後現代或異化這些字眼掛在嘴邊；班上的一些女生則開始召集woman study的讀書會。有些人上課報告寫《大紅燈籠高高掛》而得到老師高度讚許；我這才發現，我花了許多時間閱讀新潮文庫的存在主義相關作品，「存在先於本質而創造之」之類的理論早已退流行了。

學校旁有一家「東海書苑」，專賣文史哲書籍，那可說是我的精神殿堂。我在那買了羅蘭巴特《寫作的零度》，李維史陀《憂鬱的熱帶》，還有葉石濤《台灣文學史綱》，這些書很多我都看不懂，就像卡爾維諾寫的《如果在冬夜一個旅人》和普魯斯特的《追憶似水年華》，當時我不明白這樣的寫作意欲為何；一如不明白盧貝松的《碧海藍天》、安德烈·塔可夫斯基的《鄉愁》、《犧牲》這些電影。然而它們給我一種無限的吸引力，彷彿告訴我在遠方有一個美麗而繁榮的世界，正等我這鄉巴佬去發現與驚奇，因此我很吃力地讀著它們，好像那是一把開門的鑰匙或是一張車票，可以讓我因此到另一個境域裡去。

回想起來，對文藝懷抱熱情的青年其實都很單純，文藝是對我們蒼白寙陋人生的一點救贖之光，我們什麼都不能做，只能努力朝那個光點走去。或許文青總被恥笑為華而不實，因為他們裝模作樣讀一些自己不甚了解的東西，並彷彿因此憂愁。但是所有的生命不是都需經過花的階段才能到達果實的成熟嗎？如果青年時代沒有那樣虛榮的企圖，或缺少了那些迷惘的經驗，我認為後來結出來的果可能也是乾澀的吧！

如今我滿懷鄉愁地把一小段卡爾維諾放進了補充的教材中，想和教室裡的文青們一同分享；也準備和同事在校園社團裡，和擁有文青相機的年輕人談羅蘭巴特。其實這些東西我到現在也還是沒有弄懂，不過沒有關係，就像許多人根本沒看過《追憶似水年華》但是還是喜歡談瑪德蓮小鬆糕，對我這老文青來說，文藝本是一種況味，無論一篇作品或其思想的本質究竟是什麼，能片刻沉浸在那淡薄而微妙的文藝光暈中，回到最初不知為何的剎那悸動，一切都已完足，都已是欲辨已忘言了。

當我們討論寫作時，我們討論的是什麼？

請原諒我借用了美國小說家瑞蒙．卡佛（Raymond Caver，1938-1988）著名的小說《當我們討論愛情時，我們討論的是什麼》來當作我的題目，因為我彷彿必須這樣問我自己，才能真的為「寫作」這回事在我生命裡的意義說出個所以然。

現在許多人常把寫作當成是一種特殊的職能，好像打網球一樣，必須經過專業訓練才能有些成績。當然也有那樣的寫作存在，但是我們先暫且不去討論那些為了去比賽或得獎等特別寫出來的作品，只是單純從自己的經驗來談談寫作這回事，為什麼要寫，作出來又可帶給我們什麼。

在我成長年歲裡，學校裡不教寫作，教的是「作文」。就像畫畫或唱歌，小時候學作文的經驗並不愉快。一方面老師不太真的「教」你怎麼寫，要知道，寫作指導是相當困難的專業，絕非一般教師可以勝任；另一方面，作文題目多半無聊乏味，與自己的生命經驗相去甚遠，什麼「失敗為成功之母」、「論勤儉」，這些題目的內涵已經很明確了，根本缺少一個作者再去發揮的空間；就算有一些比較貼近生活的題目如「我的好朋友」、「暑假生活記趣」等，但是因為心裡已預設了沒有一個真正用心與善意的讀者存在，所以寫來也就虛應故事，敷衍成篇。當時作文在意的是字跡端正、思想正確、段落分明、詞句通順及善用成語典故，這些我都沒辦法達到，所以在老師眼中，我大概從來不是「會寫文章」的人。

年紀漸長後才慢慢明白，這些作文訓練，旨在培養學生於中學畢業後，可具備在機關辦公的基本文字能力，也就是能在公文上清楚交代一件事情的來龍去脈、得失影響，以方便長官批覽和利於承辦人執行。這類文書不必性靈，而要一點學問，懂得修辭和典故，腹笥甚窘者很難下筆。因此古人說：「世事洞明皆學問，人情練達即文章」，意謂學問文章本是一體的。

作文當然也是一種寫作，但一般並非人人需要這種能力，因此學校畢業後大概再也不會寫一篇「論讀書與救國」的文字投書到報章雜誌吧！因此我說的寫作，應該是抒發情懷、表達感受，那種有自我存在當中的文體。這樣的寫作基本上對內是一種自省，對外是一種分享，我發現近來在臉書等網路上，許多人都喜歡用文字來表達自己當下的感受或對一些事件發表看法，其中不乏引人入勝之處，忍不住讓人對那樣的文字按一個「讚」，可見分享心得與表現感受本是天生的能力。

寫作和自我省察相輔相成，也就是我們一面寫，一面便會發覺許多在日常並不會特別留心的細節，也會慢慢想起許多過往的人事，知覺到不曾感受的愛恨。這樣的省察不是一蹴可幾，而需不斷去想像與思考。因為我們的心往往習於平常，在忙於應對的過程中不太去留心事情的微末或人情的溫涼，日復一日的浮光掠影使我們在面對空白的稿紙或電腦時，往往有不知從何說起之感。有人認為無法寫作是缺少詞彙，有人認為是缺少風格，我覺得真正的原因是缺少自我，當有一個強烈愛恨的自我存在那裡，其實便有寫不盡的動人文章了。因此要能擺脫平常那種對自我的忽略而找到自己內在的嚮往，閱讀、深思應該是最好的辦法。

現在大家都強調閱讀、鼓勵向經典學習。然而真正的閱讀是不限文本的。一本好書、一首通俗的歌、一部陳腔濫調的電影、一整個下午的蟬聲、公園裡推著幼兒盪秋千的身影、高速公路旁青綠平整的田地、夏夜晚風、工地廢墟，無一不是可以讀的。

一面讀一面感受與回憶，從文字或是圖象中，想想那些無聊徬徨的年少時，想想那些哭過與笑過的事，想想你在乎而他不在乎你的那人明天又會怎樣，於是有一些東西便會在內心慢慢成形，於是有一個既熟悉又陌生的自己出現在眼前，於是你才能慢慢明白很多事當時的結果原來如此，這樣的覺悟使生命有了層次，有了成長，然後你就有故事告訴別人，寫作就比較容易了。

因此當我們討論寫作，其實談的是自我的覺醒，過去的教育裡常常強調小我並不重要，至少沒有大我重要；但寫作正好相反，每個人的個性與際遇都是上帝不朽的傑作，命運沒有凡與不凡之分，都可能對另一個生命充滿啟發。因此當我們意識到了自己存在的獨特意義，有那麼多可以給予他人啟迪的東西在我們生命裡，寫作的旅程便展開了。就像用一塊粗樸的木頭雕刻自己的肖像，寫作就是在紙上把自我呈現出來，這個過程也讓我們重新認識世界，因為所謂的世界，其實只有在我們感覺得到它時它才存在，只有當我們渴求或呼喚它時它對我們才有意義，因此那些總是被我們忽略的感覺，總是被壓抑的渴望，唯有透過寫作才能真實地呈現在我們面前。

二〇〇〇年諾貝爾文學獎得主高行健在〈八月雪〉這篇作品裡講的是禪宗的故

事，師父弘忍問慧能：「汝從外來，門外有何物？」慧能告訴師父：「大千世界，日月山川，行雲流水，還有風風雨雨。世間犬馬車轎，高官走卒，來的來，去的去。更有商賈爭相叫賣，啞巴吃黃連，痴男怨女一個個弄得倒四顛三。到此刻，夜深人靜，唯獨才出世的小兒在啼哭。」弘忍續問：「門裡有什麼？」慧能答曰：「和尚和我。」而這個我是什麼呢？慧能說是「**心中之念**。」我認為這個答案，其實也可以是寫作的追求：寫作讓我們體認自我，感受大千；然而最終要我們透過寫作來自省並超越昨日之我所抱持的世俗價值，進而成為一個無所罣礙、充滿智慧的人。

因此，當我們討論寫作，我想討論的應該是一種生活的方式或人生理想——我想成為什麼樣的人，用什麼方式在這紅塵裡走過一生。這並不容易，但也絕非困難，試試寫下今天黃昏的心情和昨天及十年前此時此刻的差別；或是列出你曾深愛過卻日感平淡的東西，並找出其中的原因，這樣也就能逐漸體會寫作之道了。當然，如果你已懂了這些，就像六祖慧能一樣「不立文字」也是很好，只是若你還願意將這些經驗分享他人，那麼我們應該歡喜讚歎：世間又多了一篇好文章。

湯是如何煮出來的

──也談我的閱讀

那個古老的故事是這麼說的：與世隔絕的純樸村莊裡，一日來了兩個奇裝異服的外地客，他們在廣場上展示了箱箱籠籠裡各式令村民大感驚訝的事物，當村民撟舌不下之時，這兩人宣稱自己的法力無邊，今天要帶給大家一次難忘的經驗。他們打開那個最詭密的小箱子，從層層疊疊的布套中取出兩塊貌似普通的石頭，他們告訴眼中充滿狐疑的村民，這兩塊「美味石」只要放進湯裡，就能讓人嘗到前所未有的鮮美，他們現在就要來煮湯證明此事，但前提是要嘗一口湯的人，每人必須先出一塊錢和一樣食材……許多年後，村中的老人經常對後輩提起這件事，那一口美味的湯，滋味的繁複腴美，的確是終生難忘的。

這是一個騙子的故事，也是一個廚師或寫作的故事。

從互文性（Intertexuality）的觀點來說，任何後代的文學創作，其實都是來自於前行文本的某些部分，我們現在無法看到純粹自創的文學作品。我常覺得我的寫作，只是放進了那兩塊石頭，讓作品變成了屬於我的湯，其實湯裡豐富的一切都是來自於他人。

我最崇敬的散文家琦君寫過一篇〈啟蒙師〉的散文，「啟蒙」不僅是開導蒙昧，同時更是在渾沌的生命裡，放下了奠定其處世態度、俯仰襟懷及人情義理等影響深遠的人生理念。

我的啟蒙師是一本《唐詩三百首》，它的編者我要到了二十年後才知道是誰。《唐詩三百首》裡絕無不好之詩，大多數的作品淺顯易懂卻又耐人尋味，而且用詞下字每能觸動讀者對中國語文的敏感，例如李白的〈清平調〉：「解釋春風無限恨，沉香亭北倚闌干」。「解釋」一詞，我們都知道是「分析闡明」之意，但這裡用的是「消解釋放」的意思；而「恨」也不是指「仇怨」，而是一種無可言說的悲哀與懷念，無法完成的嚮往及遺憾。兒時的我雖不懂唐明皇的愛情煩惱，但也感知了世間有許多春風裡的失落情懷，無可逃避，亦無可「解釋」。這些詩，邊讀邊想，不僅能觸動我們內在的情思，豐富對世界人情的理解，同時中文程度在不知不覺中也會進步，慢慢便能明白中文的思考邏輯與書寫方法。從寫作的立場來說，多讀讀《唐詩三百首》，比我們中學生去學什麼「有無句」、「表態句」、「判斷句」及各類修辭格這些東西要來得有意義多了。

一直到今天，我對詩仍保有無限的喜愛，從古典詩到現代詩，從現代詩到凡是具有詩情的作品，到生活中一點小小的詩意，那都是我喜悅的來源。因此我幼時便喜歡讀琦君的散文，覺得她總是在一件那麼微小的事情裡發現深邃的情感，以近觀遠，芥子須彌，琦君的散文不僅擁有良好的文字表述與書寫技術，她本人所懷具的悲憫與善良，天真與慈愛，都是我能夠理解卻永遠無法學會的。

中學時對現代詩非常入迷，也對詩化的散文心嚮往之。有位散文家蕭白曾使我十分心動，那種自語式的文字，帶有哲理的思索，正是我青澀歲月的知音，例如：「我不能入睡也不願去入睡，為你開遍我窗前的喜悅，而且也從那閃爍的眸光裡，採足也飲足了長夏的憂鬱……」這是寫星子的散文，實在美不勝收。我曾想學這樣的文風，但每有畫虎不成之感。

上了大學，讀了中文系，本以為每天可與藝文相親是人生最大的快樂，但當興趣突然成了一份工作、一種責任，那原本的夢幻倏然化為現實，一時還頗感徬徨，許多艱澀的專業知識也曾阻卻了我對文學的喜愛。不過，在終日與學術性的認知方式搏鬥的過程中，我對文學之美的體會也有了一些改變。過去我喜歡尖銳、絢爛或浪漫的風格，如魯迅、白先勇或鄭愁予，漸漸地我也能欣賞比較樸素深沉的作品，如沈從文、汪曾祺或七等生。

不可否認，二十幾歲時讀了木心的作品，他的散文對我的影響很大，初讀其文，只覺得這人文字仄拗、態度造作，不過漸讀漸熟，乃能明白其散文旨識之高遠，行文風格之獨到，有點無入而不自得的味道。他的作品如《散文一集》（洪範，民國七十五年）是我百讀不厭的，其中不太看得懂的〈遺狂篇〉，好像每讀一次便對他的風格有更多理解，同時也對散文的寫作有了深一層的領會，「顯童貞以兵法，悟警句為敗筆」、「幸毋巧累，切忌僞傷」，我想這是他所謂「平靜而強烈」的一種美學態度吧。

木心的作品之所以能吸引我，我想其中的古典情韻也可能是一個原因，他對古典文化的體會甚深，但表現方式又充滿現代感，我想這是非常完美的結合，作品一旦脫離了自我的文化傳統，所喪失的不僅是語言，同時也失去了感受與思考的能力。木心的作品有時相當尖銳，除了天性的憤世，我想他是站在文化傳統中對時局的反省吧！

我的英文不太好，也不會別的外語，不能多接觸國外作家的作品誠是一大憾事，這讓我的湯，少了許多絕妙的滋味。在翻譯作品中無法體會到語言文字的巧妙，只能領會文中的人生意境，高中時喜歡《少年維特的煩惱》勝過《麥田捕手》；二十歲左右非常崇拜米蘭．昆德拉，覺得他的小說中閃爍著洞察世事的靈光；後來接觸了村上春樹，也覺得他的小說很不一樣，平淡中有一點普遍的悲哀，後來才知道他的寫作有點學瑞蒙．卡佛（Raymond Carver，1938-1988）；而瑞蒙．卡佛又是學契訶夫的，只是村上春樹加入了更多現代性的東西，近年來他寫了不少隨筆散文，裡面也有一種逸趣，而他一直推崇的《大亨小傳》，跟他推薦的爵士樂一樣，我都不能進入。

可能是因為網路行銷的關係，近來文學作品都被過度包裝，很多來頭好像很大，但讀了都不免失望；而那些沒有為書商所強力行銷的作品，看來也有點楚楚可憐，世界處處充滿階級與陷阱，原來人生真是每個時刻都不知所措。我想文學作品還是應該平凡一點地放在書店的書架上，讓讀者隨緣相遇，隨興漫讀是最好，我印象深刻的書，好像都是這樣來到生命中的。我不知道自己從他們那裡學了些什麼手藝，但有一點我可以肯定，無論再怎麼不喜歡的書，多讀兩遍也能有許多收穫，湯就是這樣熬煮出來的，正所謂「是不是詩不要緊，我們在乎的是美味、營養」，這是羅智成以前的詩，但我當成一條真理指導著我的廚藝與寫作。

再談我的寫作

對一般人來說，寫作是一件有一點怪異的事，尤其是詩或散文，從不寫作的人往往不能理解，是什麼原因驅動你用文字來寫出平常不說的話語、潛藏心底的念頭或生活中發生的一些小事，外行人反而最能理解小說的寫作——他就是想說個故事。

我國中時讀了些余光中、鄭愁予的詩，便模仿他們的斷句開始寫詩，並在一份名為《北市青年》的學生刊物上刊載現代詩作，這個刊物在當時好像是全班都須訂閱的。一開始老師、同學都十分訝異，這個平常看來漫不經心，成績很差的同學，竟然會寫出一些大家都看不懂的東西，而且還裝在信封裡寄去遙遠的出版社，而且還竟然被印成鉛字放在全市中學生的眼前，那時心中雖然興奮得意，但也很困擾別人總是問我詩裡在寫些什麼，因為我發現如果能用一般的語言說清楚的事，也許就不必用一個文學的方式來表達了，反過來說，既然寫成了詩，那就很難再去用一般的話來解釋。

因此大家都認定了我是在寫一些「連自己也不知道是什麼」的東西。

由於高中聯考的失利，我從北市轉到北縣來讀書，照樣投稿北縣的青年刊物，高一時就在學校的文學獎得了現代詩的第一名，高二時北縣的《青年世紀》舉辦了第一屆的文學獎，我竟也得了第一，我還記得是在板中領獎，這也堅定了我繼續走向文學創作的決心。

我們早期所接觸到的文學，基本上都是古典或新古典主義的東西，我們的國文教材中，排除了一些政治性的作品，選入最多的如梁實秋、徐志摩、余光中等，大概都可說是新古典主義影響下的作品，這類作品文風較為嚴謹端莊，文字裡的文人墨趣與士大夫情懷也比較深一點。我早期的寫作可以說深受影響。

大學以後接觸到的卻是現代主義的文學，一時頗為無所適從。例如新潮文庫裡卡謬、沙特、卡夫卡的小說，臺灣作家七等生小說裡孤獨與苦悶的掙扎，陳映真運用大量內心描寫或自我獨白的風格，以及當時《聯合文學》裡的作品，好像都和過去所熟悉的意識及表現手法大不相同。我也想寫自己內心的蒼白與苦悶，想表現一個年輕人初識世界之龐大寂寥的震撼與徬徨，但是我無法真的寫出來，努力良久，只能成就一些連自己都無法說服的作品。

時光日復一日，每天總有新的歡樂與憂愁，繁華的世界將年輕的心一把拉了過去，與朋友們競逐於那繽紛的喧譁歡樂，相較於一個人在圖書館抱頭苦思而沒有出路，其實寫作是很容易被自我遺忘與放棄的。我慢慢明白為何許多對文學創作充滿才情或夢想的年輕人，最後終於不再寫作或不再以寫作當人生的第一目標，原因可能就在於突然遇到一個微妙的瓶頸無法突破，同時一些似乎更有趣的東西出現在他的生命裡。「寫作」是一根太過纖細的絲線，往往在生活煩勞與自我探求的拉扯中，便無聲息地斷裂而消失了。

所幸我一方面認識了李崇建、甘耀明這群對文學充滿熱情的朋友，當時他們雖然也寫得不好，但是至少大家在一起將文學變成了一種共同的活動與信仰，友情與夢想是無法背叛的。此外中文系的教育也讓我在無法寫作的時刻，還是持續讀到了許多好作品，好像一個運動員雖然沒有參加比賽，但仍不斷透過訓練增益體能。

我幾乎沒有寫過小說，後來也不太寫詩，興趣轉向寫散文，主要的原因是我認為在散文這古老樸素的形式中，最能自由地表現自己的生命體會與文學品味。小說家與詩人的形象比較像現代的藝術家，而散文的寫作者則比較近於傳統的士人，也就是一個讀過一些書，對生活有些想法，偶爾也隨意寫下一些雜感，但卻不一定要以文章鳴世的悠悠心靈。簡單來說，散文比較清淡，對作者與讀者來說都比較沒有壓力。

後來我寫了〈第九味〉、〈毒〉這些得獎的作品，寫作的過程出奇地順利，好像兩三天就寫完了，也沒有怎麼改就去參賽了。那時是文學獎最後的盛世，得獎作者都會受到文壇特別的青睞，因此我也有幸成為可以出書的作家。但我覺得參賽的作品和一般性的寫作有一些區別，參賽作品要有一些能讓人一目瞭然的優點或創意，且內容不宜艱深。不過我覺得散文還是應該是些風日和暢的午後，漫不經心寫下的文字才好，太刻意去言說一些主題，矜張一些技巧，一時能夠動人，看久了便不免煩膩。因此我一直想用古人那種隨口吟詩的方式來當成我的寫作態度，即興而為，率性而成，盡興而止。

在我的體會中，一開始寫作難於尋找題材，其次是建立風格，再其次是突破自我。年輕的時候滿懷熱情卻欠缺生命的體驗，因此面對情事總覺刺激甚深卻無法真正寫出什麼動人的東西。近來好像覺得事事背後都有一個義理存在，但下筆之時總覺自己瑣碎嘮叨，言不及義。是知寫作不難，難的是能鑑定自己寫的是好是壞，我大多都把自己評為較差的那一邊。至於風格，散文因為形式架構與類型上相對單調，因此建立個人風格相當重要，同時還不能千篇一律，要多有變化。我嘗試了很久，也一直找不到最好的方式，至今仍在摸索中。

因此我只能不斷寫下去，當作是一個自我試探的過程，有時也會非常苦悶。而有時在夜深人靜時，一面寫著，一面也有一些幸福之感，畢竟我還能用文字去鋪陳一些生命裡的悲歡，當下似無作者，亦無讀者，原來寫作都是給自己的心一個交代罷了──天上只一月，山中只一人，這樣也就足夠了。

水色昨日

散文的寫作根源於生活，但同時也超越於生活之上。

有時我很羨慕《魯拜集》的作者奧瑪．珈音，他的詩篇穿梭於天地山海，花叢酒甕，幾乎全是神話與冥想的結晶，他是行走在風上的人，現實的大地上找不到他的足跡，他的詩是對塵寰的嘲弄與憐憫，是對天堂的呼喚與歌頌，他雖也在人間，但早已不屬人間。這樣的作者所給予人世的並非作品，而是綽約的身姿，他的詩句只是為了讓後人看見那身姿的一面鏡子或是一抹秋天的湖面罷了。

我們失去了那樣的時代，縫不出那襲袍服，釀不出那種酒，只能寒愴地活在「現代」，城市為我們虛擬出一根樹枝，我們就像莊子的鷦鷯在其上安營一個巢；世界每日流成一條杜撰的河，我們便做一頭喝滿水的鼴鼠，挺著裝滿汙染物的肚子踽踽獨行，回到黝暗的地洞中。日子周而復始，生命卻逐漸凋零，此刻我也回憶起我當初拿筆寫作的一些往事，也許是在學校的挫折太大，也許是受到歷史與文化的教育太深，不知是誰的聲音告訴我：寫作是唯一能自我解救的方法，當一些悲哀寫成了文字，當追索著一個意象去隱喻某個情懷或努力安置一個詞彙以傳遞剎那的感受，那些現實裡的挫敗、人生裡的困苦，忽然變得不再真實，反而成了我追捕與遊戲的對象，最後一一將它們馴服，豢養於文句間時，忽焉體會了真正的自由與滿足。

寫作最難的是自覺，我們永遠無法成為自已的觀點外的另一讀者來閱讀自己，因此永遠無法知道自己的優劣，故所謂的學習寫作，其實只是學習評價作品的方法與可能性，期待藉此自評而自進。傳統的課堂老師不教寫作，或說能真正理解寫作為何物的教師少之又少，因此在寫作中，大多數的技藝都非正傳，往往東拿一鱗，西取半爪。在資訊困難的年代，古典主義可以說是我最初的啟蒙師，裡面的意境與涵養為我指出一條向上之路。童年的印象往往影響最深，就像一個走遍江湖的漢子，總是不斷在後來的各種際遇裡去印證師門的第一個架勢。當現代主義的洪流淹我而來，我也考慮過存在、虛無、疏離和荒謬這些悲哀的字眼，也對個人的生命產生了另一種深沉的悲哀。就像大海洶湧的深藍，就像夏日無盡的長空，這些生命本質性的體會沉我於深深的憂鬱，以至於無法寫出一個字來表述這樣的狀態。

然時光很快將我推上當代製造業環環相扣的鎖鏈，不待我去尋思存在之本質為何，我已被迫面對那傳說中「時代的巨輪」。在小心應付人生的過程中，心底總是集結了一批與現實格格不入的反抗軍，既不滿於世人庸俗的價值，復不屑於反對世俗的偽善，正所謂「適俗逃禪兩未能」，人生竟爾不知不覺朝向年輕時琢磨過，卻並不十分理解的「虛無」擺盪而去。

因此攀住現實生活的一根細絲，人生便有不必跌落深淵的可能，這是我寫作的唯一契機。城市裡那些明確又悲傷的面孔，那些歡喜又荒唐的時節，那些每一個時期共同注目過的事物，那些包容了我也遺棄了我的青春廣場或廢樓陰影，那些擦肩而過卻恆駐心底的日子啊……彷彿車窗外倏忽的風景，我必須不斷書寫塗改，漸漸我認出了，筆下所寫的，不過是浮印在那些風景上的一個玻璃車窗上的側影，一個朦朧的自我輪廓——原來所有的寫作，就是在急速前行的車上，去捕捉那所有風景上半透明的自己罷了。

如今我已十分幸福地擁有一些日子和一張書桌，一個每天要面對的世界與一臺電腦，也許這對寫作者來說就是最好的結果。我無法期待自己寫出什麼，只是希望能記得那被眾人所遺忘的，某個平凡的一天。也許因為文字的堆砌，因為一個句子同時隱含了兩種以上的可能，那平凡的一天也就有了意味深長的暗示，工作、勞動、爭執與懷恨，都不再是原本那樣樸素，而在文字裡具有了木質的紋理或弦歌的鬱揚。

水是無色的，卻並非無味。有一天，當人們口渴時，也許會有許多形容詞加諸於水的上面，但那並未改變水的本質與滋味；同時，水依然是無色透明，維持著神祕的靜止之態，那就像我們活過也死過的許多昨天。

父親的歌

1

沈從文《邊城》裡對湘西民間歌唱的描寫很生動，原來那些山涯水邊的人，都是天生的歌唱家。一九五三年香港將這部小說搬上銀幕，片名就叫〈翠翠〉，由初入影壇的林黛飾演女主角翠翠，電影中的主題曲〈熱烘烘的太陽〉是這麼唱的：「**熱烘烘的太陽，往上爬唷、往上爬，爬上了白塔，照進我們的家。我們家裡人兩個呀，爺爺愛我，我愛他呀！**」父親做泥水、做木工心情好時，也會哼起這條歌，也許歌詞中「燒茶」、「擺渡」這些意象，就是他舊日的故鄉印象吧！

從小父親就和我說，他是生長在洞庭湖畔的，我知道他十三歲就離家投軍，半生戎馬，一直到老才有機會返鄉。兒時偶然也聽著父親用他帶有鄉音的國語唱著早已不流行的老歌：「淡淡的三月天，杜鵑花開在山坡上；杜鵑花開在小溪畔，多美麗啊——像村家的小姑娘一樣、像村家的小姑娘……」

他說這歌叫〈杜鵑花〉。

杜鵑花我看過，春天時。臺北市到處都開滿了這種花朵，紫紅、純白、淡粉，盛開時春光是最明媚的；可是父親的歌不是詠歎春天之好，那朵杜鵑花是「遙向著烽火的天邊」，是啊，中國的近代史記載的是多少戰火焚燒著中華大地，多少流離失所的苦難歲月，多少人青春的夢碎與無盡鄉愁。

〈杜鵑花〉這首歌是民國三十年時，大學生方健鵬（筆名：蕪軍）的短詩，那時他將詩作寄給臺灣籍的作曲家黃友棣，黃友棣先生對詩中描述大時代的情感非常欣賞，便為此詩譜曲成為流傳甚廣的愛國抗戰名曲，歌曲中描述了戰爭毀壞了平凡人原本幸福的生命，也寫出了對抗戰勝利殷深的盼望。

戰爭是什麼我們這一代從不清楚，兒時在王鼎鈞、張拓蕪、田原、王藍這些老作家歷歷如繪的筆下看見了一些陰影。傷亡、饑饉、逃難、躲轟炸這些意象，對我們而言是遙遠的文學或電影題材，但至今還活存在父母輩的記憶中。他們終生節儉，很可能是因為曾經在砲火中飽受物資匱缺之苦；他們對黃金、美鈔有一種特別的感情，那不是貪財，而是「逃難時可以換一張船票」的安全感。有時我看到臺北的杜鵑花，不免想起父母輩和苦難中國共度的一生；有時在校園中，看到學生浪漫地將落下的杜鵑花排成愛心型，便不禁想到這闋也激勵過一代年輕人的歌曲。

算來將近七十多年過去了，烽火已熄，歷經戰火的飛機大砲都成為展覽的骨董了，許多當年的戰士都已白髮蒼蒼，有些甚至已長眠於杜鵑的花季中了。幸父親仍然硬朗，偶爾還能哼起這少年時在軍中學會的歌曲。歲月悠悠，在這輕盈的旋律中，我想當年那一叢烽火下的杜鵑花，也許仍然開在山坡上小溪旁，迎風搖曳，而這是犧牲了多少人的青春、幸福甚至是生命所換來的和平歲月，我們又怎能不對此而嘆呢！

2

父親在中年時信了基督教，還頗為虔誠，清晨起來會唸一段《聖經》，每個週日都去教堂聚會禮拜，甚至還會要求我們大家一起去，對於想要在星期天多睡幾十分鐘的我來說實在是很痛苦的事。

教會裡除了禱告見證，唱詩歌也是重要的活動，我還記得有時晚上出門，父親騎著老舊的腳踏車載著我，一面配合著齒輪嘎嘎的聲響，他便一面有韻地唱起：「**向前走呀努力向前走，前進莫退後。手扶著犁向後看的人，不能進神的國。**」詩歌的旋律很簡單，他唱兩遍我也記熟了，但歌詞是什麼意思我卻感到茫然。「扶犁」這件事在現代社會已經消失了，從沒下過田的孩子很難想像那是什麼情況，而我本以為天國之門是為眾生大開的，為什麼「手扶著犁向後看的人，不能進神的國」呢？這些年才明白，原來「扶犁」要保持向前的專注，倘若一面扶犁還一面左顧右盼，那麼所耕種出來的壟畝必然歪斜不正，因此這首歌是要信眾保持勇往直前、義無反顧的求道之心吧！

稍稍長大後，我發現和父親一起聚會的教友，大多是社會裡貧寒的一群苦力，有些在夜市擺地攤、有些是從事疊磚敷泥的工人、有些開計程車、有些則是以裁縫維生的寡婦，每個人身後都拖著一大家子，辛苦地在社會最底層勉力前進。我不知他們信教的目的為何，但我想宗教裡講的天國、講的救贖，對他們而言可能是勞苦生命裡唯一的光與愛吧，在那樣清貧的年歲裡，除了一步一步向前走，沒有別的選擇；而能在人生最後，看見天國之門為他而開：「**凡勞苦擔重擔的人可以到我這裡來，我就使你們得安息**」（〈馬太福音〉11章28節），那應該是終於可以含淚微笑的時刻了。

我想我的父親也是如此，微薄的退休俸無法養家，他騎著老舊的腳踏車載著扶梯、水桶等一大堆工具去遙遠的地方為別人修房子，將磚頭一塊一塊挑到樓頂，揮動油漆刷塗飾每一面破舊的牆，辛苦攢得的錢連在路邊買個饅頭吃都要猶豫再三，「**向前走呀努力向前走，前進莫退後**」其實就是他的寫照，人生裡只有勞苦的重擔，哪裡有退路呢？現在的我已擁有非常多了，不再憂愁吃穿，有時甚至還能得到些許別人的敬重，這些或屬上帝的憐憫，或者應該是上一代遺留給我的德惠，他們辛苦犁過的田，如今長成了我們這片金黃的稻穗。

我現在也常騎著腳踏車，匆匆趕路或悠哉漫遊，偶爾我會想起兒時坐在父親腳踏車後面聽到的歌聲：「**向前走呀努力向前走，前進莫退後。手扶著犁向後看的人，不能進神的國**」，隨著那齒輪的旋轉慢慢前進；這些時刻，我總會盼望那些社會上勞苦擔重擔的人，真的能在慈愛的光裡，卸下那塵世所有的辛苦與憂患，在清涼的水邊暫時安歇。

3

父親七十歲以後竟也迷上了流行歌，散步時將姊姊的錄音帶式的隨身聽放在口袋，耳機掛在耳中，邊走邊唱，非常能自得其樂。那時他特別喜歡香港歌星羅文的〈塵緣〉：

塵緣如夢　幾番起伏總不平　到如今都成煙雲
情也成空　宛如揮手袖底風　幽幽一縷香飄在深深舊夢中

繁花落盡　一身憔悴在風裡　回頭時無晴也無雨
明月小樓　孤獨無人訴情衷　人間有我殘夢未醒
漫漫長路起伏不能由我　人海漂泊嚐盡人情淡泊
熱情熱心換冷淡冷漠任多少深情獨向寂寞
人隨風過　自在花開花又落　不管世間滄桑如何
一城風絮　滿腹相思都沉默　只有桂花香暗飄過

這是羅文八〇年代的作品，旋律悠揚，詞也寫得相當好，古雅之中蘊含著現代的風味。

這首歌之所以能引起父親的共鳴，我想特別是其「漫漫長路起伏不能由我，人海漂泊嚐盡人情淡泊。熱情熱心換冷淡冷漠，任多少深情獨向寂寞」這幾句歌詞的感慨吧。那個戰亂、流離與貧困的年代，誰能左右自己的命運，而一生漂泊在外，人情的冷暖應該也嘗了不少吧。

記得兒時有一位跟著父親做粗工的工人，大家都喚他老黎（也許是老李），他不識字，也不太會說話，總是打著赤腳。過年時還會來拜年，有時硬要塞給我一個紅包，裡面只有幾十元，父親總會把錢掏出來硬是塞還給他，因為這個無家之人其實是相當貧困的。父親有一些老友偶爾會登門拜訪，他們會帶一紙盒的雞蛋當伴手禮，大概是嫌白色不吉利，雞蛋上面還鋪著一張紅紙。他們多會在我家吃一頓飯，喝兩杯酒，這些老戰友除了敍舊，常常是來借錢的，有時母親還會送他們一些舊衣，我知道要將縮衣節食省下來的幾千塊借給這些並無能力償還的人，其實是很掙扎的，但父親大多都會請母親多少拿一些錢出來，他們大都含淚道別，要我好好念書，孝順父母，行出門外就再也不會出現了。

世上許多人被貧窮所折磨，受人冷眼與譏嘲，在社會中默默生，默默死。他們飽嘗炎涼的悲歡愛恨，掙扎地成為一個莊嚴生命的過程，似乎都沒有受到任何的在意與理解。我的家庭或曾接待過這些生命，或也曾受到這些生命的款待，也許這種流落他鄉的互助，是父親他們那個時代僅有的真情，可除了他們，社會上誰又看得起父親這樣，一介退伍老兵，一個滿身泥灰的工人，或是一個鬢髮已白，為人看大門的管理伯伯呢？

人情冷暖，衷情無訴；花開花落，世間滄桑。記憶是舊日僅存的暗香，時光流去了這一代人的辛酸，也帶走我的童年。經常我想到這些面孔，那人子襤褸獨行的路途，是何等崎嶇；經常我想到父親所唱的歌謠，他隨著耳機裡的音樂哼唱這首歌，但他聽不見自己走調的歌聲，其實是充滿嗚咽。

曾經的曾經

夏日的時光看似漫長，實則短促，在窗邊偶然凝視綠岑岑的樹上飛鳥來回，偶然辨認不知何處傳來隱約的悠悠琴韻，偶然在燠熱的風裡沉浸在回憶中，連書頁都還沒有翻過，茶便緩緩涼去，一個上午也就沉落在細瑣的思緒中而終於無聲消逝了。我並不驚訝時光的飛逝，只是感嘆事業之無成。年華耽美，好夢不驚，世界自有安頓每一個渺小人類的法則，我們蜷曲在這無可置辯的歡喜悲哀，然後老去，像枯黃的落葉始終懷念新綠，像一則漫長的故事之尾，忽然有意追索那很久很久以前的開始。

我時常被迫想起往日，那個惶惶終日而無可安居的自己。

我從小就接收到一種資訊：寫作。

寫作是一件很偉大的，真正值得去做的事；在我的家庭中稱之為「文筆」，生活四周一直存在著這種氣氛或暗示：在漫長的一生裡，當你閱讀、遊歷、成功或者失敗，其根本都是在為某一次的寫作做準備，彷彿一定要寫一點什麼出來，否則人生就是白活；或者反過來說，即使你一無所有，但是你能在一張白紙上寫下些什麼，能感動或啟發任何一個人，如此人生便不再徒然。我不知道這樣的觀念是怎麼來的，但它就是存在我的周邊。在資源相當匱缺的年代，家裡最多的東西就是書，而成長中花了最多的時間做的事，就是看書。「鍛鍊文筆」貫穿所有生活，元宵要猜燈謎、中秋要背唐詩，旅遊遇到寺廟必定要看看它的楹聯，那些書畫展覽上寫的字句回家後必然有一番討論，我甚至還收集了一套唐詩宋詞元曲的郵票，這一切，都是為了培養寫作而產生的活動，我的父母對於寫作一事的崇慕，我現在想來幾乎近於宗教。

雖然我也做了一些努力，例如拿個小本子抄錄一些偶然見到的詩詞或對聯，把握機會就背下一些成語故事，但我的作文成績始終很糟糕，父親為此擔憂，不僅狠心買了一大套《中央日報》集結報上方塊文章的小冊子，要小學的我好好學習裡面忠黨愛國的文筆；後來還添購了某老師出版的作文指導，裡面包含了學生的作品和老師嚴厲的批改，可惜這些我都沒有學會，至今唯一記得的是最後一篇類似小說的作品：一個女學生和國文老師戀愛，去烏來喝了高粱酒而終於失身的故事，那故事我反覆一讀再讀而成為夢魘，日後看到國文老師或是高粱酒，都會讓我想到她——那個終於明白自己被騙卻無言以對的嬌怯女生。

中學以後我的寫作更是糟糕，完全不得要領，高中聯考作文有八十分，是兵家必爭之地。我們的導師就是國文老師，她發明了一種奇特的寫作法，班上有一位同學，無論寫什麼題目都套用那固定的幾句話，老師非常讚許他的機智，要大家學一學。這套辦法目前在補教界相當流行，就是背幾段範文套用在所有題目上，這不僅教壞作文，連人品也教壞了，實在可嘆。唯我那時愛上現代詩，我偏要寫些似通不通的句子在作文裡，「文不對題」、「不知所云」是我最常遇到的評語。某日《北市青年》刊登了我的現代詩作，同學老師傳來傳去都說看不懂我在寫什麼，最後，老師叫我去面談，很認真地勸我不要浪費時間再去寫這些風花雪月的東西，要好好上進做人。可惜我當時愚魯，不聽教誨，聯考落榜後只好去念辭修高中，卻不知冥冥之中開啟了我一生契機。

我第一次獲得文學獎就在高一，校刊社辦了一個「金穗獎」，我得到新詩第一名，備受稱譽，我這才明白寫作與成名這件事原來有關，爾後數年我便一直追逐著獎項，被聲名與獎金所誘惑，而幾乎忘了自己為何要寫作，又到底要寫些什麼。尤其有了一些經驗，大致可以在題材、技巧上取悅評審，怎麼寫容易得獎漸成一種會心，恍然「文筆」之意原來如此。

但有一日我卻感到茫然，那時我碩士畢業了，在博士班研讀古典文學，重新閱讀在過去只感其文字之趣的作品，我深深發現其藝術的輝光來自於心靈苦旅而結晶出的蒼涼悲憫、慷慨寂寥，即便是宴會酬酢的短詩、贈別即興的樂章，也有一種我永遠不能觸及的覺悟與深情，於是我想毀棄我過去所有的作品及寫作意識，世間何必多我一篇贅詞來汙染文化呢？

可我受到薰習太深，生活中微小的舉動、偶然的言語，都逼使我往寫作之路聯想與發展，寫或不寫當時都是非常煩惱的。有一天回憶起了童年的點點滴滴，忽然想起父母從小對我文筆的鍛鍊，我想寫一件成長小事來回報他們一生的付出，證明他們的努力並不虛無，同時也作為我寫作的結束。

現在我去中學演講，經常被問起兩個問題：1. 文章中為何如此老成？2. 第九味是什麼？

我想我這裡的絮語就是勉強回答這兩個無可回答的問題。

我曾經是一個做過文學夢的孩子，我想抄錄一段經典文獻，作為我這篇囈語的結束：昔者莊周夢為胡蝶，栩栩然胡蝶也，自喻適志與，不知周也。俄然覺，則蘧蘧然周也。不知周之夢為胡蝶與，胡蝶之夢為周與？

年菜記

想起年菜，不覺感傷縈繞。

兒時情景歷歷如昨，那清貧的年代，一年的飲食大多只求溫飽，而除夕之夜的宴會，彷彿還有更多的儀式意味。今夜的菜餚特別美好，早在一週前，父母即開立好菜單，貼在廚房牆壁上，然後是逐日購買材料，慢工細活地處理。許多菜餚要提前準備，風乾的需要浸泡、入味的必須熬煮，那樣隱密而緩慢地準備，也許就是為了在嚴寒的除夕之夜，有一桌特別具有不凡意義的筵席。

有時我想起年輕時看過電影《芭比的盛宴》，這部美食電影敍述在丹麥清貧的小漁村裡，流亡至此的法國女廚師，要用一次偉大的宴會來紀念自己的藝術生命，以及回饋給接納她的小漁村一份驚奇的大禮。一個晚上的美酒佳餚，融化了彼此生命中的對立不安，所有參與者皆重新體會生命的奧義：「正義與和平將要擁抱；慈悲和真理也將親吻」，人世間的繁華如沙漏中的沙子終將落盡，當黑夜征服了白晝，我們所能帶走的，就是我們在這世上所曾付出的。

除夕夜餐飲彷彿也有一點宣示性的味道，喧擾的一年在此刻就要結束，所有的紛爭、榮辱、汗淚或榮耀，在此刻都已失去意義。但童年的除夕夜我並不能真正享用那些油膩的美食，反而始終存在著「最後一餐」的離奇恐懼。大人們用「吃」這最原始的方式來詮釋一種「結束」的意涵，我始終認為那更明顯地揭示了人類面對生死的渺小虛乏。

年菜總以肉類為主，高油脂、高蛋白的內容顯示了我們在文化情感上，始終無法脫離過去農村時期貧瘠的記憶，有魚有肉才能稱之為豐盛，才足以滿足典禮儀式所必須的禮數。然我在諸多年菜中，獨鍾一盤名為「如意菜」的菜餚，這應該是點綴性的一道菜，用黃豆芽、香菇、木耳、豆皮絲加素油拌炒，它原始的作用，很可能是專為茹素者而準備的；比起一旁浮沉在油漬中的紅燒蹄膀滷蛋，或是最合時宜的乾煎白鯧，「如意菜」樸素清寂，淡乎寡味，但這種平淡，其實正合我心中對過年、對節慶的感覺，我無法說服自己，為了某一個日子特意讓自己的心熱鬧起來。當然海參肉丸也是腴潤可口的，茄汁大明蝦也相當紅豔可愛，那用松煙燻成的臘肉、用高粱酒釀製的香腸、夾著麵包吃的蜜汁火腿……都足以成為童年除夕最好的飲食記憶，但是我仍然懷念著那道如意菜，也許我們的飲食偏好，並不是全部來自食物給予味蕾的感動，而是心靈無可改易追求。我想始終平淡、安靜地度過這一切，只願待在一個沒有人過問與關心的小世界裡，想著地球在宇宙中非常寂寞地旋轉了一圈，回到了原來的那個點，並不留戀地又繼續往前旋轉，不為任何原因。

兒時過年還有一道令我無法忘懷的甜湯，母親稱之為「有富」，這鍋湯裡以蓮藕為主角，切成塊狀熬煮，另外加入紅糖、紅棗、蓮子、大紅豆、紅豆、桂圓乾等食材，非常甜膩。過年時母親總要熬上一大鍋，凡是有人來拜年，一定立刻盛上滿滿一大碗，在寒冷的冬天，卻對於驅除寒氣有一定的幫助。

我想這些湯裡的食材都是江南風物，秋風吹後，蓮飽藕實，桂圓也累累成串，經風乾後入冬成為甜湯的主角。在那樣甜的湯裡，想起「荷葉生時春恨生」的浪漫，想起「荷盡已無擎雨蓋」的感傷，那種年年歲歲的流逝感，也就漫漫溢乎其間，一節藕實可以懷想一季明豔的夏日，一顆蓮子滾動好古老的江南。母親的甜湯希望每個品嘗的人在新年都有富貴財運，而我只想著「江南可採蓮，蓮葉和田田」的悠悠情思。

然而童年隨著流光緩緩遠去了，對於年菜，漸無好惡，只是配合著讓老人安心、孩子高興的心情來享用這些來自於傳統的菜餚。但桌邊舊爐，總提醒著我，無情的人間又有多少聚散，多少永隔呢？

記得幾年前趁著寒假旅遊澳洲，南半球炎熱的氣候使人忘卻故鄉正在陰雨寒流的肆虐中。某日忽然想起，這天應該是除夕的日子，雪梨的海港藍天豔陽，短褲背心的洋人正啃著熱狗漢堡，澳洲原住民赤膊坐地，嗚嗚吹著奇特的原始樂器，我們努力找了一家廣東人開的中國餐廳，十分應景地點了一些中國菜來過年，但那實在距離兒時的滋味太過遙遠了。那時我望向窗外，無垠的晴空亮成一種懷念的藍色，這才覺得生命裡原來永遠無法忘懷一些永恒的味道，忽然想念起童年圍爐的日子，臘肉與年糕的香氣，爆竹隱隱約約的呼喚，似乎隔著大海，又滿滿在我的心中。

我的少年時代

《儒林外史》裡面描寫王冕的少年時代十分生動，他一面放牛一面讀書，最後無師自通學會了畫沒骨荷花，成為一代名儒及了不起的藝術家。我中學時讀到這一課，非常嚮往也非常慚愧，因為我全心全意在教室裡念書考試，除了成績差，其他美術體育，也不是很行；我常想若在古代，我這樣資質的人也只好去放牛，偏偏我們中學時老師校長非常勢利，把各個班級編成升學班、普通班和放牛班，我雖在升學班，卻對放牛班心嚮往之，只可惜我們活在大都會中，沒有真正的牛，也沒有一方青草池塘和幾朵荷花。

不過，正如王冕說的：「天下哪有個學不會的事」，國中時我對課業缺乏興趣，卻忽然對寫詩有了一點好奇。這個好奇是怎麼萌生的我也不清楚，可能是生活太單調了，閒來沒事就讀了家裡書架上的一些詩集，泰戈爾啦、余光中啦、鄭愁予啦，這些作品我看得既懂又不懂，怎麼說呢？裡面的字我是認得的，詩句也大略能明白哪個意思，但是我不懂的是整首詩究竟要表達什麼？而為什麼又有人要這麼費力寫出這種讓人似懂非懂的「詩」？

然而讀多了我卻也慢慢明白，這種朦朧而不確定的感覺一開始讓人迷惘，甚至有一點擔心，但這卻也是它最美之處，詩人將一個平凡的世界賦予了另一層我平常絕對想不到的意義，突然之間，我覺得每一件事都可能充滿情味與哲思，單調的生活也就豐富了起來。

於是我開始活在一個夢幻的意象世界，也就是說，我看到、聽到每一樣東西，也都試圖去改變平常對它的認識，而希望能夠看透表象，從中發掘一些屬於自我的觀點。現在回想起來，也許人生到了十二、三歲的年紀，正是一個從「活在別人意見的型態」，慢慢轉變為想「活在自己意見的型態」這種時期，所以對既有的看法常抱持懷疑或否定，而希望能找出一條自我的道路。而詩歌，正為這種心思提供了自由。

於是我忙著讀詩、寫詩，許多正事都耽擱了下來，僅有的一點零用錢也多半買了詩集，讀得愈多，理解也愈多，詩人間不同的風格，有些非常明朗、淺顯；有些則較為隱晦、艱澀。有些詩人喜歡詠嘆愛情，有些則專寫鄉愁或愛國情操。當然也有完全不知所云的作品，對於這樣的詩，從排斥而到欣賞，最後則有點敬畏，而終於豁然開朗的那一剎那，則有莫大的喜悅。

我覺得自己非常幸運，在那樣的年歲遇見了詩，讓詩走進我的生命。文學、藝術在自學的過程中，對人生的啟發非常大；更可貴的是，許多少年時代不懂的詩句，我花了一生來讀懂它，而這個過程，也就是理解自我與認識世界的旅程，例如：

「誰來接替我的職務？」落日詢問：

「我將盡力去做，我主。」瓦燈說。

就是如此，我最後成了用一點微光陪伴孩子讀書的老師。

在東海讀葉珊，或者楊牧

1

十八歲適合遠行，到心中美麗的地方。

我在臺北成長，像一顆強力運作的CPU，臺北城終日發熱，勞碌不停。細觀其日常，匆忙、確實且非常嚴肅，少有的大型空間是政治味濃厚的總統府前廣場、國父紀念館或中正紀念堂，這些整齊雄偉、方方塊塊的僵硬感，卻試圖融入傳統建築的思維，讓走在其中總有一些警覺與不安，水泥實地，樹木和草地只是點綴，愈加使人覺得壓迫。在臺北，美麗的公園是植物園，扶疏掩映、紅牆綠柳，夏天的荷花冬天的寒意，好像是一個自成四季的寧靜世界。可惜它實在太小了，只能朝歷史的縱深發展，在歷史博物館遙想公瑾當年，那是我醉心的童年。

於是我想遠行，初到東海，是上大學前的成功嶺集訓，當中有一個活動是行軍到東海，清晨出發，大約六、七點抵達，吃完大鍋熱粥後再走回軍營。我來時訝異那綿延不盡的紅磚牆，這是多大的校園啊，但那磚牆卻老得十分有味道，彷彿並不是一種隔絕，而是一種懷舊的裝飾，野草蔓生，青苔零落，老磚閒暇，何等自在。然後我便愛慕那廣大的草坪，蓊鬱的大樹，掩映於其間的奇妙建築，石板小徑蜿蜒，滿院蟬噪中我想丟下槍枝，就和班長說我要在此一生讀書寫詩，不和你們回去了。我想遠離戰爭、槍砲和無意義的規律，在青草和牆院中當一個無拘無束的詩人學徒。

回程的路上，走過東海別墅，清晨中一切尚處寧靜，世界彷彿還沒有睡醒，街上幾乎沒有人行，只有我們靴行整齊的腳步，那些店面櫥窗，那種潦草隨意的生活質感，當時我還不知道「波希米亞」是什麼意思，但我愈加期待趕緊結束這無聊的軍事集訓，展開大學的新生活。

十月來臨，我讀歷史系，文學院的草坪絨綠，木廊低簷，窗戶明淨，樸實之中彷彿走入中唐。住在十九宿舍，每天吃一次自助餐，上英文、讀歷史，古希臘人的名字為什麼都那麼長呢？每到新月升起，晚涼悠哉，臺中這陌生的城市用熟悉的意象告訴異鄉人他的清寂，我在社團活動裡覺得快樂且自由，大學並不強迫你非學什麼不可，一切都有微妙的彈性和一點點苟且，寬容了人性的真實，營造心靈的舒適感，腳步得以優閒，心思放空，無所畏懼，小小的我屬於極大的世界；而無邊世界，何嘗又不在我的一念之間？

我在東海有了人生第一輛機車，我在日後，總是想起它的緩慢。

先是好友卷毛載我去成功嶺方向的監理所考了駕照，然後我花了幾千塊買了陳舊的二手車，車速不能太快，距離無法太遠，否則它一陣哮喘便沒氣了，要推去黑店給老闆維修。但這並不影響我拓展生活圈的壯志，騎上慢慢的小綿羊，風雨陽光，生命太耀眼甜美，有時候我幾乎相信，在東海的第一年，可能是我人生裡最快樂的時光，之前固不消說；之後，也許人生會有更燦爛的日子，但絕對比不上十八歲時第一次沿著中港路滑下山坡，青春正好，大城隱然在望，沒有目的之中，心裡充滿的狂喜之感。

2

二〇二一年，五月。

我正在練習〈瓶中稿〉的朗讀，為了幾週後，楊牧作品跨界展演的活動。我配合鋼琴的情韻，讀著：

這時日落的方向是西
越過眼前的柏樹。潮水
此岸。但知每一片波浪
都從花蓮開始——那時
也曾驚問過遠方
不知有沒有一個海岸？
如今那彼岸此岸，惟有
飄零的星光

隨著楊牧的文字，我沒有回到面朝太平洋、謠傳海嘯的花蓮，卻彷彿回到東海，燠熱黃昏時走廊吹來的涼風，夜晚樹濤搖曳，燈火點點，印象如此鮮明，我像一粒極小的芥子，容納於不知邊際何在的須彌山中。那時我讀《葉珊散文集》，不知為何，他的文字當年不曾為課本收編，我對他非常陌生，但才讀了幾行，我便感到彼此間親切熟悉，他幾乎寫出了我的心事：「……有時臨風而立，我就覺得落拓了，萬物都如雲煙，把握不住，也更不必為他們傷神」，我在圖書館迴廊的石椅上抬起目光，前方碧綠的樟樹，遠天浮雲，是啊，把握不住，但我，和這一切的美，又該何去何從？「你還埋怨什麼呢？樹葉低語問我，埋怨什麼？我什麼都不埋怨——」是啊！東海無可埋怨，唯有孤獨，孤獨時，心裡似乎有一個聲音，緩緩和我對話：「少年愚騃我一心尋覓神與鬼，快步穿越許多傾聽的屋室，窟穴，廢墟，以及星輝的樹林……」走在東海，我心如此，只聽他與我低聲密談：「而我沉溺思索著人生、命運……」

大二時我轉系到了中文系，同時搬出宿舍，在東海別墅租了小小的套房。上課時，沿著相思林而下；下了課，步伐可以緩慢，先逛進圖書館，東看西看，也沒有特別要讀的書，待暮色降臨，到新興路上的如意水餃喝一碗玉米湯，或是在一弄、二弄、三弄的巷子底找點吃的。回到宿舍百無聊賴，邀約卷毛一起看中華職棒。晚上餓了，夏天去「大西洋」買杯綠豆沙牛奶；冬天有小貨車在賣「香港正常鮮肉小籠湯包」，名字古怪，但並不難吃，誰在乎它是用什麼做的呢。漫漫長夜，彼時沒有電腦網路，沒有手機筆電，我在書桌前攤開綠色的六百字稿紙，拿著原子筆，遲遲不能落筆，一如電影《郵差》裡的馬利歐，窗前月光清亮，對著攤開的筆記本，想寫些什麼，卻不知該寫些什麼。

這時我便重讀葉珊：「美麗的夏夜，螢火在河邊翻飛，流水湍急，楊柳又長又綠。站在橋上，看燈光拉長成幾十條破碎的帶子，看一顆流星滑下，不知不覺就回到了孩提……」

3

上個月，我到臺中找了好友李崇建，他現在是薩提爾諮商專家了，幫助了很多青少年。他在遊園路那邊買了房子，裝潢布置甚是清雅，一如他目前的生活，給人寬闊自在的感覺。當天小說家甘耀明也正好來玩，他這幾年一直深刻經營長篇小說的寫作藝術，寫作對他來說似乎是一種苦行，他的近作《成為真正的人》，我發現幾乎還保持當年那種非常純淨的心，天真之中卻蘊含著悲哀。坐在崇建家大木桌旁喝茶亂聊，歲月倏忽回到從前，他們都是我上一屆的學長，偶爾大家混在一起談文學，研究「聯合文學新人獎」的評審過程和得獎作品的優劣，那可是年度大事，我們那時的夢想就是獲得文學獎後成為作家，可以隨心所欲地寫自己理想的文學。

傍晚時大家走在國際街上，情景依稀當年。那些舊色的民房如此平凡恬淡，偶爾傳來電視的聲音。東海的歲月，暗示我人生要有一點藝術或精神上的追求，然而所有的追求，最後不是要總歸於這樣的平淡嗎？

在國際街上，我想起在東海，才認識了咖啡和寫作這兩件事。

之前只喝過即溶咖啡和罐裝飲料，那時剛剛出現「拿鐵」這個名詞，我心目中最好的咖啡館「十五巷咖啡」當時還稱這種飲品為「法式奶泡」，裝在一個錐形的玻璃杯裡，顏色分為乳白、淺褐與深褐三層。十五巷咖啡有木質地板，進去還要換上紙拖鞋，我著迷於那些精巧的瓷器，窗邊正好的陽光，還有幾幅油畫，一位茫然的女子背後是紅綠燈，大家都說她是在畫那首歌嗎？愛情的青紅燈！

國際街一帶更是精緻而不失純樸，古典玫瑰園播名至今，當時幾家小店，墨利斯的情人、紅磚橋、柏拉圖、翡冷翠，聽聽名字就感覺那是一種充滿人文色彩的追求，我終日流連，談天、看書，假裝在寫作，非常滿意於自己的遺世獨立。

這樣的日子，還是讀楊牧，就著午後的雷雨，讀〈有人問我公理與正義的問題〉，未料多年後，騷動的世代也就著手機微光在讀這首長詩；或是在蕭瑟的靜夜，翻翻〈流螢〉這樣的句子：

這橘花香的村子合當
焚落；煙霧要繞著古井
直到蛙鳴催響。我們從
灰燼上甦醒
鳥逸入雲。寂靜

我的白骨已風化成缺磷的窘態
雨前雨後，卻也
十分憂鬱十分想家。這時
總有一點螢火從廢園舊樓處流來
輕巧地，羞怯地
是我仇家的
獨生女吧，我誤殺的妻

楊牧給了我一個很大的啟發，抒情和敘事密不可分，敘事的間斷處，就是抒情的空間，任何斷點之前，都要營造情緒和氣氛，否則敘述都屬枉然。他那：「是路、是歌、是淚。是子夜的彳亍，是凌晨的濃霜」在感情和文字上都影響至今。

我有許多奇怪的念頭，自以為是的發現，但我無法處理它們，就像不知如何處理自己的當下，或未來。

每年九月開學選課，生活步入常軌，每個星期三晚上一個人到中正堂看一部學生會放的電影，許多美麗的女生與瀟灑的男生幸福洋溢，而我在黑暗中，開始對電影入迷，我想那是文學更具體的實踐。沒想到多年過去，當年流行的奇士勞基斯，這兩年又開始打動當代文青，中年如我這才理解，原來年輕是一種症狀，需要相同的心靈解藥。過了秋天，便是騷動的聖誕節；淒清的寒假來臨，暫別宿舍，然後就是慵懶的下學期。年年陌上生秋草，日日樓中到夕陽，東海的石板路綿延有盡，鳳凰花歲歲豔紅，忽然我已走到了即將畢業的時刻，我不知該何去何從，在東海的大學之夢太短，我深深覺得自己過於揮霍，什麼東西都沒學會。

4

But love for love's sake, that evermore
Thou may'st love on, through love's eternity.

《葉珊散文集》裡我最常讀的，是〈又是風起的時候了〉，他說：

你慢慢理解了，幸福並不是永遠常駐的，原來也有這麼一天，我必須離開這個我熟悉的山頭……離開東海，我要去哪裡？……你要離開了東海，才知道世界原來並不是那麼美好的，也不知道，世界原來比東海美好！在無意中，你會經過許多書本上忽略過的篇章，你會長大，甚至蒼老，而且變得冷酷。我覺得自己已經慢慢冷酷起來了，從童年一下跳到中年。

每一次讀到這些段落，心頭湧滿回憶。二〇〇〇年六月，我在東海路思義教堂完成婚禮，敲響鐘聲的那天，忽晴忽雨中我好像回到了二十歲時所讀的散文中，喜悅與憂傷、緬懷和期待、非常抒情又非常感謝。

我和她共度了很多浪漫的東海歲月，一起上課時的諸多趣事，漫步在廣大而翠綠的校園中，愛情是雨後草尖的水滴，也是瓷杯裡英國紅茶將涼未涼時的餘韻。愛情將我們帶往更遼闊的世界，但最終我們還要回到小小的教堂來見證這一切。當時我不知人生有那麼多的艱苦，我以為寫出文字，博得聲名，有了愛，人生就可以圓滿幸福，我以為東海的草地永遠為我而綠，隨時可以在其中尋夢，人間便無煩惱。

但一首歲月的歌，如何能永恆悠揚？

我離開東海後，總是想念那些往事，悲傷的時候、孤獨的時候，但總是非常凌亂。有時在臉書上看到過去同學的動態，感到大家都十分幸福，似乎不必再去多按一個讚？有時老同學會分享東海近來的動態，研究所上課的V大樓拆除重建，好可惜啊，那麼有特色的兩層樓房和廣場，雖然實用性非常低；女生宿舍前的小小郵局也要撤除了，好可惜啊，當年大一時還租過信箱，期中考時學姊會將鼓勵的卡片和糖果放在信箱裡，如今我們該把這種樸素的溫馨安置何處呢？最讓人神傷的，是故人的逝去，幾位老師、助教，先後謝世，翻開有些舊書，裡面還夾著當年他們手寫的考試題目，對卷怔忡，我不知道這些題目的答案，亦不知道人與人之間，為何緣分如此短暫？而楊牧在我心中永恆駐留，預言我庸俗的一生：

我們都悽惶地奔走於公侯的院宅

所以我封了劍，束了髮，誦詩三百
儼然一能言善道的儒者了

近年重回東海，大多來去匆匆，我也為文學院寫詩，緬懷曾經孟浪過的自己，但我已經是世故的中年人了，太多心事，使我無法真誠；而衰遲的步履，總讓我訝異大肚山的坡度怎麼這麼陡峭？

「幸福並不是永遠常駐的」，東海晨昏如此深邃，繁華的世界與之相較不值一提，但我二十年來卻迷失在虛幻的蜃樓和憧憧的人影中，當年那個坐在圖書館窗邊，望著大臺中煙塵隱約的市容而有千萬感慨的我已不復追求什麼，詩人說：

我的悼祭者流落在外地
有的打鐵，有的賣藥

我在江湖上打鐵賣藥，隨波浮沉，幾乎忘了生命曾有那麼廣闊的自由，那麼多的愛與夢想。但我卻永遠記得那個瘦弱單薄、滿懷心事的青年，一個人走在文理大道上，世界在那一刻並沒有什麼特別，或只是暮色，自他的肩膀輕輕地落下。

旅程

1

我們對生命的想像有兩種模式，一種是直線的，一種是圓形的。

直線前進的類型是從0開始，走到一定的數量，例如100，旅程就結束了，人生往前的每一步都是一個新編號的風景，因此生命是不斷嘗新、不斷獲得的歷程，一切的意義似乎是在有限中創造無限。相較於這種亢進式的概念，我更相信圓形的哲學，人生從無可定義的某一點開始，走遍人間後，不知不覺又回到了原來的那個點上，也許重新開始，也許就此沉默；循環不已的人生無得亦無失，只是充滿了永恆的反省和懷念。

兒時的月色、少年的海濤，到了中年重逢，滋味總是難以言喻。人與空間奇異的緣分也是如此，蘇東坡走到了少年借宿的破廟，油然而生的是雪泥鴻爪之嘆；王安石行過少年時與父兄一起經過的宮苑，也產生了欲尋陳跡的枉然，有誰不曾懷想過舊時的自己呢？

2

前些日子，位在三峽的高中母校邀我在校慶時返校重溫學生時代的夢華，高中的校慶總是喧騰，來賓、儀式、座談，日漸老去的校樹與師長，彬彬有禮的學弟妹……恍惚之間，二十多年的光陰已不知如何記取。

當年我是高中聯考失敗的學生，抱著畏懼、憂愁的心來到這全然陌生的土地，我在教科書上知道中國大陸有個「三峽」，臺北縣的三峽則一無所知。十五歲時，從北市一路搭車，穿過那些河橋、田野、墳地、廠房，我在一片純樸的校舍中暫時找到了人生的棲歇之處。

住校的日子十分奇特，好像當一個少年兵一般，處處充滿了規範與限制，棉被怎麼摺、毛巾怎麼掛、皮鞋牙刷怎麼擺，每一個時間的節點該做什麼，都有一套既定的框架，日子開始後慢慢才能體會失去自由的滋味，那是一個封閉而嚴謹的環境，一切都有一點戰戰競競，加上課業的壓力、離家的不適，初期的生活的確相當苦悶。但年輕的心很快就能找到自適自娛的方法，在所有規範的縫隙中找到娛樂和寬闊的自由。現在回想起來，年輕人的適應力非常驚人，而在每個週末回家的途中，可以淺嘗一點對其他人來說是再平凡不過的無拘無束，竟也感到十分的幸福。

而那時我也真正對文學產生了興趣，在數學課上把報紙摺得小小的，一點一點看完藍博洲寫的《晃馬車之歌》，心情激動澎湃，不能自已；也利用編校刊的藉口不參加晚自習，混在具有某種象徵意味的「工作室」裡，看完了張大春早期的小說《公寓導遊》、《四喜憂國》之類的作品，訝異於原來文學創作充滿了這麼多的奇想和創造。我們以編校刊之名訪問了多位作家、藝術家，這些有名望的大人，對什麼都不懂的我們，竟也意外地和善與包容。現在偶爾也有一些高中校刊社的同學來訪問我，我在他們身上似乎看見了當時的自己。

校慶活動的熱鬧淡化了重返年少時光的思索，但其實早在校慶之前的假期中，我就已悄悄回到母校，原因非常奇特，女兒的一位鋼琴老師就住在母校的不遠處。這回我開了車，穿過那些河橋、田野、墳地、廠房，路程稍有不同，沿途也比當年熱鬧許多，但很多場景仍是印象鮮明的，順著臺三線一路行來，彎進溪東路的那個微妙的弧度，橫溪橋上遠處矮矮的青山，一切都一如當年。趁著女兒上課時，我帶著妻子重回假期中的母校，那整潔儼然的校舍，自開自謝的茶花，無人的球場、幽靜的小樹林，一一巡禮，繞著橢圓的操場走了一圈，重新回到當初的原點，這才明白那些應該被紅筆標註、被螢光筆特別畫下來，作為一種重點存在的日子啊，原來也就和人生裡的每個時刻一樣，都被我們草草閱讀，並輕易翻了過去。

3

管風琴是最具宗教意味的樂器，造型對稱均衡，音色肅穆而莊嚴無方，在教堂裡聆聽管風琴的樂音，看著陽光一如上帝的恩典從高高的彩繪玻璃落下，心中也格外悠然。淡水小鎮始終有著海洋殖民歷史的滄桑風華，那些城樓與砲塔，迴廊與階梯，像海風一樣若遠若近地暗示時光的蹤跡，大航海時代也曾在這小小的一隅留下它的記憶。周杰倫的電影讓那古老的磚紅校舍成為觀光景點，而一旁的真理大學也多遊人。假日下午，校園教堂裡的管風琴演奏會觀眾不多，但奇妙的氣音在高聳的木管、銅管間，竟也傳達了遼遠的生命的沉思，讓我對淡水的記憶有了另一種古老神祕的歷史觸感。

淡水小鎮多的是歡樂的記憶，高中畢業上了大學以後，最讓人振奮的是兩件事，第一是可以和女生大方地說話了，高中時代禁絕男女交往，男女關係像一部諜報片，讓人緊張不安卻又不知在擔心什麼。第二件事就是可以買一輛摩托車，克服了距離上的遼遠之感。

人人有了自己的座騎，下一步就是海闊天空地奔馳，那時去淡水是相當時髦的事，還記得小時候坐過火車「北淡線」，坐在火車的階梯上也不怕摔出去，一路只要隨著咖搭咖搭的搖擺聲，就可以到淡水了。我上大學時捷運已經通車，但我們偏要騎機車去，從西門町那邊出發，一路上拉出正在打工的同學，車隊漸漸龐大，飆過大度路，烈日晴風下不知疲倦，到淡水閒晃、吃冰，看看河流奔湧到大海的景象，潮浪浮沉，落日輝煌，人生燦爛，二十歲的快樂太過飽滿，淡水小鎮是光輝歲月裡一張最值得紀念的照片。

十年後我亦重來，我的第一份正式教職是在淡江大學，我有時坐捷運，有時搭校車，下課後揹著書包從非常陡斜的克難坡上漫步下來，轉入熱鬧的英專路，黃昏時人潮洶湧，吃的、玩的、穿的，在白亮的燈光下撐起一個小小的安詳地，人潮中多的是成群的中學生和攜手的情侶，唯我此刻突然忽然獨自一人，回憶著剛剛課堂上才吟過的：狎興生疏、酒徒蕭索，不似少年時。

而歲月輕輕又經十年，如今我重來淡水，在教堂的管風琴聲裡寂寥地度過一個夏日午後，那些歡笑過的、留戀過的與幾乎遺忘的人生，又重新在音符裡慢慢浮現，像陽光中漂浮的塵埃那樣輕盈又迷濛。也許我等一下要穿過總是繽紛的人群，去看河流湧入大海。金光閃爍的黃昏之河，無盡的流逝之感，年華在追憶中亦蕩漾成那樣的波光，一路閃耀著消逝於不遠處的暮色當中。

4

第一次接觸死亡是十八歲，隨著儀式結束，一路陪著外公上山。那時雖然已經明白很多事了，但對死亡其實一無所知，並不懼怕，亦無感傷，心中缺乏一個詞彙來描述安降棺木的沉重，潑灑黃土的空虛。在新店的山坡上，有小小的風景，我們留下的松柏和茶花的幼苗，想像著愛我們的老詩人仍然活著，會對著潭水與悠悠而下的白鳥寫下詩句，會在茶花開落之際，填一闋懷念故鄉的詞。

二十幾年來的清明節都到這小山坡來簡單祭拜，兒時也曾隨著外公的同鄉會，在清明時節登上某個高處，遙祭海那邊的家鄉。黃旗招展、香煙繚繞，這群渡海逃難的中老年人，依照古禮誦讀我聽不懂的古奧文字，流下我不明白的思鄉淚水。如今他們多數入土為安，第二代的子姪也多白髮皤然，第三代如我，也有了中年的煩惱和空虛了。

重來這片山坡，家家戶戶的祭祀灑掃，讓爛漫的春日添增了醇厚的懷古之風。死亡對個人來說，不過是一個旅程的中止，是另一個新旅程的開端；但對於生者而言，死亡是重新反省生存意義的一個微小時刻，世間的一切爭奪、奔波、煩惱，好像在此得到了一個解答，相對於一路上擁擠的車潮、稠密的居所，這小小的土坡上彷彿已給出所有的答案。

那些松柏已長成需要修剪蔓枝以防侵塌的成樹，茶花初謝，一旁的桂花也泛著幽幽香氣，我採了一些放在口袋，感覺那是珍貴的禮物。我不用再像外公他們當年登高遙祭，因為這脈青山已經有了先人埋骨，這也就成了我的故鄉。青山上一方風雨的石碑，無論行到哪一個天涯，都將成為遊子的故園心事。

人生始於告別，終於相逢

還記得那首老歌嗎，〈眺望你的路途〉（vois sur ton chemin），在電影《放牛班的春天》宛如天籟的吟唱：「童年的歡樂多麼短暫，轉瞬就被遺忘」，時間似乎讓我真的忘了許多童年的苦悶或憂慮，偶然想起，總多是開懷的時刻，閉上眼睛似乎就能看見燦爛陽光的金色小路，相呼相伴的朋友情誼，許多新鮮經驗帶來的樂趣與一點惆悵；等待長大的歲月是小提琴最沙啞的弦，演奏心底緩慢而永恆的情感。

童年最美的漫漫暑假，那些雷雨的午後，窩在窗邊一頁一頁看著故事書，等待雨停，帶著我的好友猴子阿丹去公園騎腳踏車，去爬樹。有時看著看著，渾然忘卻世界，不覺雨聲漸稀，直到翻完最後一頁，才發現黃昏已臨，天邊的濃雲彷彿心中對故事結局的鬱鬱，既感到無限傷懷，復覺得絢爛無比，然旋即降臨的夜又讓我陷入漫長的沉思，反覆縈繞，小小的心靈沉浸於浩瀚的文學之洋，太多的情感讓靈魂窒息於痛苦而甜蜜的閱讀經驗。我想我會一生以文學為業，或許就是因為文學曾讓我死去，而後重生，一次一次成為擁有不同想法的新生命。

都以為兒童文學歡樂、童趣而溫暖，如果你看過法國人寫的《淘氣的尼古拉》或英國經典《派丁頓熊》系列，裡面的滑稽幽默充滿智慧，使人終身難忘；又有些作品富於道德教訓或勵志態度，如義大利經典《愛的教育》，訓示學生同情、正直且愛國，這些年才知那是一位軍官所著，以現代眼光來看，那大約是少年衛隊的心理基礎，成為一位優秀軍官的先決條件。當然還有富於冒險精神的作品，富於詩意與奇想色彩的童話，這些讓孤獨的童年並不寂寥，狹窄的生活天寬地闊。

然而真正讓我憬然而對人生產生看法的，卻是兩部不那麼暢銷的作品：義大利小說《愛的微笑》和日本少兒文學《冰海小鯨》。

《愛的微笑》寫作背景至今不能明瞭，他以非常詩意的文字敍述富家男孩路卡隨母親來到義大利北方濱海小鎮，隱約知道父母即將（或已經）離異，在海邊溫柔而略帶憂傷的世界，男孩歷經了朦朧的愛情和純真的友情，最後得知在米蘭的父親於賽車事故中身亡，路卡竟也想追隨父親成為賽車手，最後亦死亡於車禍。書中很微妙地訴說一個「女人無法理解的男人世界」，男孩由母親照顧，卻對父親的世界充滿嚮往，而最後也因為這個野性的追求而失去生命。故事最後，彌留的路卡在意識中看見父親穿好獵裝，正等待他去相約已久的狩獵，「媽媽呢？」「媽媽不能來了。」是啊，男女的世界看似沒有太大的差別，但其中是不是有一個對方難以理解、無法進入的領域呢？

日後多年，我總是懷想書裡描述古堡的悠悠琴聲，想念著它的主題：愛是漫長的陪伴，但卻不一定是完整的理解。不理解卻仍摯愛著，或許那才是真正的愛嗎？然而所有的愛，是否都注定了必然有一個隱約的裂痕，都埋藏著一個細微但始終存在的伏筆，有一天，時間讓這裂痕日漸顯著成為深刻的鞭痕，那曾經為人欣羡、受人祝福、得天獨厚的愛，也將永遠地失去輝煌，成為一部幽怨的言情小說，在失眠的枕下。

《愛的微笑》中事業成功的男人、美麗能幹的女人和敏感善良的男孩，不是完美家庭的寫照嗎？為何最後只剩母親一人獨自走在落雨的沙灘？學校裡的友情不是才要開始嗎？他們未來難道不會成為一生的摯友，為何最後只剩孤單身影奔跑在淒清的海邊？童年我不明白死亡，卻先明白了死亡留下許多悠長的遺憾，如海的深沉。

另一部同樣寫死亡的故事，是日本人香川茂的《冰海小鯨》，這個書名相當可愛，但內容更為悲壯。

年老的、曾經的鯨魚王（抹香鯨）卡魯克，要帶著幼小的鯨魚塞特羅前往南極，那裡磷蝦和魷魚豐沛，是鯨魚的美食天堂。少年鯨魚的成長壯遊，卻是年邁父親的終極旅程，世故的父親要將所知告訴兒子，包括了如何生，也包括了如何死，他們目睹垂死的藍鯨成為其他魚類的食物，海鳥與鯊魚群搶食牠的肉體，最後只剩巨骨沉入海底，卡魯克說：「我在觀賞這幕莊嚴的葬禮。你看，那頭藍鯨多麼幸福」。兒時讀到此節，雖也明白這正是自然的常態，但覺得分外不忍。直到大學暑假，東海校園除了蟬聲，百無聊賴，在圖書館讀到紀伯倫的《先知》：「當你殺一隻野獸時，心中對他說：殺戮了你的那個力量，也必殺戮我，我同樣也將被消滅。把你交到我手中的自然律，將把我交在更有力者的手中。」我在綠意盎然、陽光金豔的窗邊，遠天漸聚濃雲，忽然想起童年的《冰海小鯨》，「生生不息」原來是這個意思，讓生命回歸大化，的確是莊嚴聖殿。

據說抹香鯨的壽命能達六十年以上，這樣算來，幼年的塞特羅如今也和我一樣步入中年了，他們的一生，覓食、求偶、躲避人類的捕捉，一趟又一趟往返南極，如果幸運沒有遭到人類的捕殺，最後終老於冰洋，海洋生態學家將鯨魚死亡沉入海底的過程稱為「鯨落」，過程長達數十年，造福一萬三千多種海洋生物，牠龐大的身軀有如一座綠洲，在荒涼深海將所有的養分還給世界。

鯨魚父子一路南行，兒子愈加強壯，父親卻因龍涎香阻塞消化道痛苦不已，抵達南極，父親決定終老於此，不再返回溫暖的南太平洋，在極光滿天的照耀下，卡魯克說：「我的兒子塞特羅呀，乘著極光的祝福，我把這一生所度過的海都讓給你。卡魯克的海，從現在起就是塞特羅的海了。」小鯨魚成為新的王者，他們終於學會了別離。

故事結束在父子分離的時刻，但我總想，塞特羅自己的故事其實才正要開始鋪寫，更遠的征程在他的前方。生命裡的每一次離別，也就是一次新生的開始，看完這個故事不久，我也小學畢業了，與童年的友伴分離，到了新的環境，嘗試新的痛苦，日後一次一次往復循環，在新的旅途中發現驚奇和悲哀原來如此複雜又如此美麗，每當別離的時刻，不捨與盼望、悲傷與喜悅，相混相雜，總讓我心悸動。

終於有一天，我也像故事中一樣有了自己的家庭，告別了原生家庭，在兩人世界裡探索新的生活方式，嚮往一一實踐，在生活的細節裡感到幸福，也明白我的父母為何如此艱辛而愁苦，一切都能諒解，卻也無須諒解了。

隨著孩子出生，日漸成長，我也走向衰遲，我想找出兒時為我帶來啟發的書籍給孩子閱讀，這才發現我兒時的《冰海小鯨》，那手掌大的一冊小書已經絕版，一番努力下，《國語日報》終於又重新出版了這個美麗的故事。

有時我也想如書裡的老鯨魚一樣將我所知告訴孩子，但沒幾年，我已發現她所知的一切，已經超乎我太多了，諸多手機功能、修圖方法、軟體下載，這些對我來說的陌生海域，對她而言猶如自家游泳池般熟悉，手指動一動就能翻出我完全不知道的世界。而我那些古舊的書冊、那些珍藏的音樂，那些感動我一遍又一遍的故事，則似乎太過陳舊而乏人問津了。

某天，無意看到一張數學考卷，裡面的題型，乃至於排版方式，幾乎和我中學時一模一樣，盯著那些題目，好像悠悠回到鬱悶的教室，老師嚴厲的目光正掃視全班；但我怎麼也想不起那些定義或解題方法，徬徨也如當年。但看看孩子寫的過程與答案，我忽然覺得這是神聖的一刻，雖然沒有極光滿天，但我也想說，也許這就是一個離別的時刻了，我將在我的南極冰海，那些舊書與老歌的世界寥落此生；而她將有更遼闊的海等待征服。

與少年的自己重逢，再次憶起一路顛簸中的風景和心事，感懷原來路已走了這麼遠，我忽然想停下腳步，不再撥動琴弦吟唱流浪者之歌，但願賣劍換犢，誠懇地做一個安居樂業的中年人，專心預備冬天的糧食和柴火，然後細數往事，在那些寒露微降的夜裡永久地沉默。

「童年的歡樂多麼短暫，轉瞬就被遺忘」，但童年的感情，永遠刻印在生命的流光中。偶爾想起兒時讀過的故事，我的心像海面微風托起的沙鷗，孤獨地盤旋，沙灘上總有孤獨的人跡，何處是潮浪中可棲止的小小礁岩？

九　歌　文　庫　　1　3　6　3

斜槓中年：如果你懷念童年的棒球手套

國家圖書館出版品預行編目（CIP）資料

斜槓中年：如果你懷念童年的棒球手套 / 徐國能著. --
初版. -- 臺北市：九歌出版社有限公司, 2021.11
面； 公分. -- (九歌文庫 ; 1363)
ISBN 978-986-450-372-8（平裝）
863.55　　110016519

作　者——徐國能
責任編輯——張晶惠
創 辦 人——蔡文甫
發 行 人——蔡澤玉
出　版——九歌出版社有限公司
臺北市 105 八德路 3 段 12 巷 57 弄 40 號
電話／02-25776564・傳真／02-25789205
郵政劃撥／0112295-1

九歌文學網　www.chiuko.com.tw

印　刷——晨捷印製股份有限公司
法律顧問——龍躍天律師・蕭雄淋律師・董安丹律師
初　版——2021 年 11 月
定　價——320 元
書　號——F1363
ISBN——978-986-450-372-8（平裝）